JOGOS VORAZES: EM CHAMAS

GUIA OFICIAL DO FILME

Kate Egan

Tradução
Leilane Garcia

PRUMO

AGRADECIMENTOS

Agradeço ao elenco e à equipe de *Jogos Vorazes: Em Chamas* por compartilharem suas experiências de maneira tão gentil.

Agradeço a Francis Lawrence, Nina Jacobson e Jon Kilik por proporcionarem aos fãs um verdadeiro vislumbre informativo e interessante do que acontece por trás das câmeras.

Agradeço a Paula Kupfer, Edwina Cumberbatch e Amanda Maes por toda a ajuda. E ao restante da equipe maravilhosa da Lionsgate: Tim Palen, Erik Feig, Julie Fontaine, Jennifer Peterson, Danielle DePalma, Douglas Lloyd, John Fu e Erika Schimik.

Agradeço à equipe talentosa e dedicada da Scholastic: Ellie Berger, Rachel Coun, Rick DeMonico, David Levithan e Lindsay Walter. A Emily Seife, sou muito grata por você fazer todas as perguntas certas e conduzir tudo de forma tão suave.

E agradeço a Suzanne Collins: como sempre, foi um prazer trabalhar com você.

– K.E.

Título original: *The Hunger Games: Catching Fire: the official illustrated movie companion*
Copyright © 2013 by Scholastic Inc.

TM & © 2013 Lions Gate Entertainment Inc.
Todos os direitos reservados.

Imagem de capa: Tim Palen
Imagens de divulgação: Murray Close
Projeto gráfico: Rick DeMonico e Heather Barber

Estreia mundial de *Jogos Vorazes* (parte inferior das páginas 6-7 e 8; superior e inferior da 9): Eric Charbonneau

Foto de Suzanne Collins (parte superior direita da página 8): Alberto E. Rodriguez/ Getty Images

Capas da Entertainment Weekly (partes inferiores direita e esquerda da página 10): Entertainment Weekly® uso autorizado por Entertainment Weekly, Inc.

Publicidade da turnê de *Jogos Vorazes* (parte superior da página 11): cortesia da Lionsgate

Vestidos da coleção La Glacon (partes inferiores esquerda e direita da página 124): Ulet Ifansasti/Getty Images Entertainment

Esculturas iugoslavas (à direita e à esquerda da página 89): Jan Kempenaers @ KASK School of Arts, Ghent ACADEMY AWARDS® é marca registrada e marca de serviço da Academy of Motion Pictures Arts and Sciences.

IMAX® é marca registrada da IMAX Corporation.

Publicado em acordo com Scholastic Inc., 557 Broadway, New York, NY 10012, USA. Os direitos de publicação deste livro foram negociados por intermédio de Ute Körner Literary Agent, S.L., Barcelona

Para informações sobre autorização, escreva para Scholastic Inc., Attention: Permissions Department, 557 Broadway, New York, NY 10012.

Todos os direitos reservados. Nenhuma parte desta obra pode ser reproduzida ou transmitida por qualquer forma ou meio eletrônico ou mecânico, inclusive fotocópia, gravação ou sistema de armazenagem e recuperação de informação, sem a permissão escrita do editor.

Direção editorial
Jiro Takahashi

Editora
Luciana Paixão

Editora assistente
Anna Buarque

Preparação
Ninna Bastos

Revisão
Marcia Benjamim
Rosamaria Gaspar Affonso
Yasmin Albuquerque

Produção e arte
Marcos Gubiotti

CIP-Brasil. Catalogação na publicação
Sindicato Nacional dos Editores de Livros, RJ

E27j

    Egan, Kate
        Jogos Vorazes: Em Chamas: guia oficial do filme / Kate Egan; tradução Leilane Garcia. – 1. ed. – São Paulo: Prumo, 2013.
        160 p.: il.; 23 cm.

        Tradução de: The Hunger Games: Catching Fire: the official illustrated movie companion

        ISBN 978-85-7927-299-8

        1. Sobreviventes – Literatura infantojuvenil. 2. Cinema – Literatura infantojuvenil. 3. Relações humanas – Literatura infantojuvenil. 4. Ficção científica americana. 5. Ficção infantojuvenil americana. I. Garcia, Leilane. II. Título.

13-05796
        CDD: 028.5
        CDU: 087.5

Direitos de edição para o Brasil: Editora Prumo Ltda.
Rua Júlio Diniz, 56 – 5º andar – São Paulo – SP – CEP: 04547-090
Tel.: (11) 3729-0244 – Fax: (11) 3045-4100
Site: www.editoraprumo.com.br
facebook.com/editoraprumo | @editoraprumo

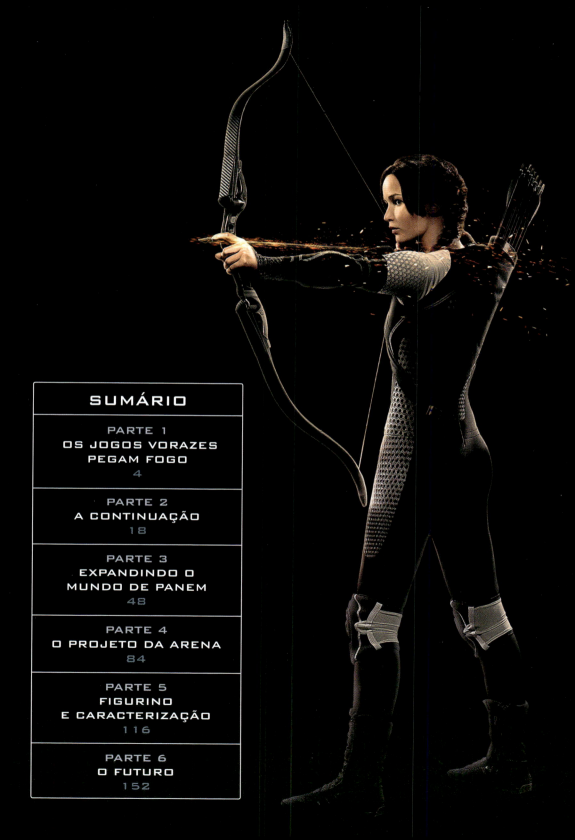

SUMÁRIO

PARTE 1
OS JOGOS VORAZES PEGAM FOGO
4

PARTE 2
A CONTINUAÇÃO
18

PARTE 3
EXPANDINDO O MUNDO DE PANEM
48

PARTE 4
O PROJETO DA ARENA
84

PARTE 5
FIGURINO E CARACTERIZAÇÃO
116

PARTE 6
O FUTURO
152

PARTE 1

OS JOGOS VORAZES PEGAM FOGO

O MUNDO ESTARÁ ASSISTINDO

Em 23 de março de 2012, o mundo estava assistindo.

Por todo o país, as sessões estavam esgotadas. Os fãs seguravam firmemente seus ingressos, aguardando a autorização para entrar nas salas de exibição.

À meia-noite, *Jogos Vorazes* – o filme mais esperado do ano – invadiu as telas dos cinemas.

Assim como o livro que originou o filme, o sucesso foi imediato. Um fenômeno. Uma força incontrolável. Os espectadores se conectaram com os personagens, a temática e a história de forma visceral e poderosa.

Por mais de um ano, os fãs ficaram maravilhados a cada notícia que saía sobre o filme. As primeiras divulgações de elenco e produção foram seguidas, primeiramente, por uma prévia do filme,

> "QUE A SORTE ESTEJA SEMPRE A SEU FAVOR."
> —JOGOS VORAZES—

transmitida na MTV norte-americana, durante a cerimônia do MTV Video Music Awards, em agosto, e depois pelo trailer completo, em novembro. Em janeiro, os fãs já podiam escutar no rádio as batidas sombrias da música "Safe & Sound", de Taylor Swift. Agora, finalmente, o público poderia assistir à trama completa.

Na noite anterior à pré-estreia mundial, em 12 de março, os fãs mais fanáticos se reuniram em sua sede, chamada Hog (Prego), no centro da cidade de Los Angeles. Os quatrocentos primeiros receberiam pulseiras que garantiriam a entrada para esse evento cheio de estrelas. Para esses fervorosos admiradores de *Jogos Vorazes*, dormir na rua não era um preço alto a se pagar quando se tem a oportunidade de estar entre os primeiros a assistir ao filme no cinema.

Os atores Josh Hutcherson e Jennifer Lawrence posam para as câmeras na estreia mundial do filme JOGOS VORAZES, em Los Angeles (março de 2012).

No dia seguinte, uma verdadeira multidão se reuniu nos arredores do cinema na esperança de conseguir ver de pertinho as estrelas do filme. Os flashes de centenas de câmeras iluminavam a noite fria. Um milhão de espectadores assistiram ao vivo a transmissão on-line do evento. O frenesi aumentou com a chegada das primeiras limusines.

Os fãs foram ao delírio com a chegada de Josh Hutcherson e Liam Hemsworth, que interpretam Peeta Mellark e Gale Hawthorne, respectivamente. Deram boas-vindas aos ainda desconhecidos atores que interpretaram os jovens tributos. Também receberam entusiasmados atores famosos como Woody Harrelson, Elizabeth Banks, Stanley Tucci e Donald Sutherland; e Suzanne Collins, autora dos livros da série Jogos Vorazes. Muitos deles caminharam sorridentes em meio à multidão assinando livros e pôsteres. Em resposta, os fãs expressaram seu entusiasmo com a famosa saudação do Distrito 12.

Por último, Jennifer Lawrence pisou no tapete negro e a multidão se incendiou! Foi como se Katniss Everdeen estivesse caminhando pelas ruas da Capital.

SUZANNE COLLINS, AUTORA DOS LIVROS DA TRILOGIA JOGOS VORAZES, NA ESTREIA MUNDIAL DO FILME.

A MULTIDÃO SE AGLOMERA NO NOKIA THEATRE PARA A *PREMIÈRE* MUNDIAL DO FILME EM 12 DE MARÇO.

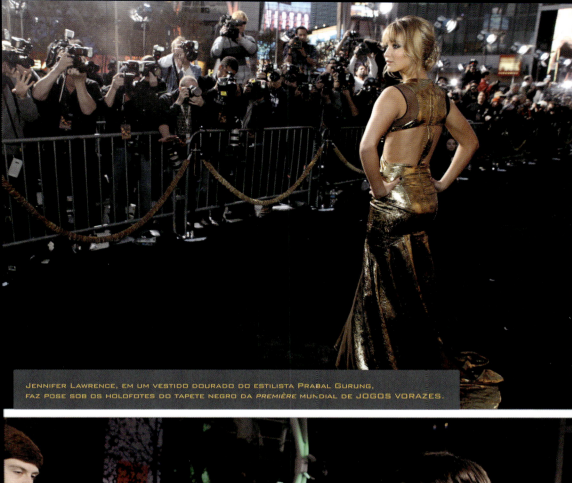

Jennifer Lawrence, em um vestido dourado do estilista Prabal Gurung, faz pose sob os holofotes do tapete negro da *première* mundial de JOGOS VORAZES.

O ator Liam Hemsworth autografa livros para o delírio das fãs.

O FENÔMENO

Jogos Vorazes foi um sucesso colossal. Durante quatro semanas, foi o filme mais assistido dos Estados Unidos e arrecadou o total de 408 milhões de dólares. Foi a maior bilheteria já registrada de um lançamento do mês de março e a décima terceira da lista dos filmes mais lucrativos da história.

Assim como o público, a crítica adorou o filme. A *Entertainment Weekly* o chamou de "uma tradução vigorosa, honrosa e impávida da visão de Collins" e a *Rolling Stone* declarou: "Aconselho que não tirem os olhos de Lawrence, que transforma o filme num triunfo ao apresentar uma heroína movida por princípios".

O filme foi capa das principais revistas e destaque em todos os sites da internet. A turnê promocional com as estrelas do filme, em shoppings da América, reunia mais de 8.000 fãs por parada. As vendas dos produtos Jogos Vorazes – dos broches de tordo a réplicas do arco de Katniss – superaram todas as expectativas. A trilha sonora do filme – com músicas de bandas como Arcade Fire e Maroon 5 – foi direto para o topo das paradas de sucessos e teve duas indicações ao Grammy. As vendas dos livros que originaram o filme dispararam.

Erik Feig, presidente de produção do Lionsgate's Motion Picture Group, acredita que o público se identificou com o filme, porque a conexão com a persona-

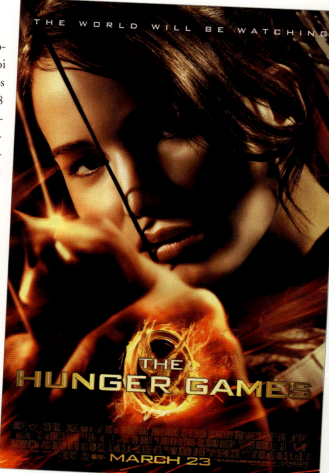

Acima: Pôster oficial do primeiro filme da franquia Jogos Vorazes
Abaixo: Os atores e as imagens de Jogos Vorazes foram muitas vezes destaque de revistas nos meses que antecederam ao filme.

A TURNÊ PROMOCIONAL DE JOGOS VORAZES, NOS ESTADOS UNIDOS, LEVOU OS ATORES ATÉ OS FÃS DE VÁRIOS LUGARES DO PAÍS – INCLUINDO ESTE, O MALL OF AMERICA, EM BLOOMINGTON, MINNESOTA. ABAIXO: O BROCHE DO TORDO.

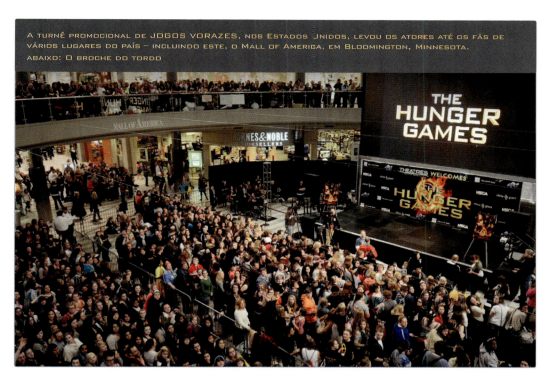

gem Katniss foi muito forte. "No primeiro filme, o trabalho de mostrar o que se passava dentro da mente de Katniss foi muito benfeito. Assim como o leitor enxerga o mundo pelo ponto de vista dela nos livros, a cada momento do filme você realmente tem a sensação de estar no lugar de Katniss. Os Jogos Vorazes parecem reais porque são emocionalmente reais."

Jogos Vorazes superou todas as listas de mais populares e mais vendidos. Foi um filme que atravessou fronteiras. Um filme que deixou uma mensagem para as pessoas. Um filme que se tornou a sensação da cena cultural. Todos comentavam sobre ele, não apenas os adolescentes, mas seus pais e avós também.

O que começou com uma série voltada para o público jovem adulto era agora objeto de discursos e sermões, leitura obrigatória em clubes de livros e aulas de literatura. De repente, tiro com arco se tornou um esporte popular, academias ofereciam aulas de ginástica inspiradas no treinamento dos tributos e Katniss e Rue se tornaram os nomes da moda para bebês.

À primeira vista, o filme era uma aventura eletrizante, na qual Katniss luta para ser o tributo sobrevivente. Mas *Jogos Vorazes* deixou uma mensagem muito mais ampla ao questionar a forma pela qual nossa cultura explora a imagem de celebridades e heróis. Abordou abertamente nosso interesse por violência e desafiou o público a descobrir os limites desse interesse. Retratava a imagem de uma garota, ainda não contaminada pela cultura da Capital, que despertou a atenção de todos e ousou colocar tudo à prova.

Com personagens marcantes e questionamentos poderosos, *Jogos Vorazes* teve – e continua tendo – uma repercussão que vai muito além do público jovem, tornando-se um clássico instantâneo em todo o mundo.

Entretanto, *Jogos Vorazes* foi apenas o começo. No segundo filme da série, *Jogos Vorazes: Em Chamas*, há ainda mais em jogo.

GUIA OFICIAL DO FILME   11

VICTORY TOUR

WITH KATNISS EVERDEEN AND PEETA MELLARK
WINNERS OF THE 74TH HUNGER GAMES

Na contagem regressiva para JOGOS VORAZES: EM CHAMAS, a Lionsgate criou pôsteres da Turnê da Vitória.

FB.COM: THECAPITOLPN   IMAX   LIONSGATE

A HISTÓRIA CONTINUA

Jogos Vorazes pega fogo ao contar a história de uma garota extraordinária que enfrenta um regime cruel e seus terríveis Jogos Vorazes. Os espectadores foram cativados pela lealdade feroz que Katniss tem por sua família, por sua coragem e vivacidade durante os Jogos e por se recusar a obedecer às regras no final.

Na sequência, *Jogos Vorazes: Em Chamas*, reencontramos Katniss muitos meses depois daquele ato de rebeldia que deu início a uma tempestade que ela jamais tivera a intenção de causar. A autora Suzanne Collins descreve o estado de espírito de Katniss no início do filme: "Katniss é agora uma veterana de arena que sofre de transtorno de estresse pós-traumático e que tenta lidar com as feridas psicológicas que ela sofreu na última edição dos Jogos. O terror de ser caçada e a morte dos outros tributos assombram sua mente. Tentar esquecer toda a experiência é impossível porque ela é forçada, logo em seguida, a fazer a Turnê da Vitória, visitando cada um dos distritos, fingindo honrar os Jogos enquanto encara as famílias das crianças mortas. O que ela vivencia afeta as escolhas de quando e como ela deve enfrentar a Capital e, em particular, o Presidente Snow".

O filme começa com a aparição surpresa de um visitante na nova casa de Katniss na Vila dos Vitoriosos. É o presidente de Panem, Coriolanus Snow, que traz uma mensagem ameaçadora para ela. Ele não acredita – nem por um segundo – naquela cena de amantes desafortunados que ela e seu companheiro tributo, Peeta Mellark, armaram na arena. Mas sua vida e seu futuro dependem de sua capacidade de convencer toda a população do país de que era tudo verdade. Caso contrário, não há outra maneira de explicar como Katniss forçou os Idealizadores dos Jogos a mudar as regras – e não há como conter a onda de revolução que ela impulsionou ao desafiar a Capital.

Com as palavras de Snow ecoando em sua mente, ela e Peeta embarcam na Turnê da Vitória por todo o país, logo após os Jogos. Ela faz o que pode para tentar convencer a população de que ela é apenas uma garota apaixonada e de que todos os seus pensamentos estão voltados para os planos de seu casamento com Peeta. Mas há uma crescente agitação em Panem. E mesmo que as multidões acreditem em Katniss, o Presidente Snow não fica convencido. Quando ela volta da turnê, Katniss descobre que seu distrito tem novos Pacificadores brutais que punirão severamente àqueles que os desobedecerem. Como ela.

Para completar, no septuagésimo quinto aniversário da rebelião, as leis do país exigem que haja uma edição especial dos Jogos Vorazes. É chamado de Massacre Quaternário e ocorre a cada vinte e cinco anos; uma edição dos Jogos com regras diferentes. Neste ano, para o terceiro Massacre, Snow decreta que a colheita dos tributos será feita apenas com os vitoriosos das edições anteriores – um homem e uma mulher de cada distrito.

SRA. EVERDEEN (PAULA MALCOMSON) E PRIMROSE EVERDEEN (WILLOW SHIELDS)

Por ser a única vitoriosa, ainda viva, do Distrito 12, Katniss voltará para a arena. Era como nos pesadelos que a acordavam todas as noites desde que voltara dos Jogos Vorazes, exceto que esse era real. O presidente se certificará de que ela não volte nunca mais, Katniss tem certeza disso. Mas talvez ela possa salvar Peeta e, finalmente, retribuir tudo o que deve a ele.

Eles então retornam à Capital em grande estilo. São apresentados para os outros tributos e começam seus treinamentos. Os vitoriosos são diferentes dos tributos anteriores, endurecidos e amargurados, mesmo sendo os "heróis" da Capital. O único objetivo de Katniss é encontrar alguém que possa ajudá-la a manter Peeta vivo.

> "No livro EM CHAMAS, a história evolui de um duelo de gladiadores para uma rebelião."
> —Suzanne Collins—

Ela acredita que está formando alianças. Mas Katniss começa a perceber que outra aliança foi formada entre os vitoriosos, uma que não a inclui. E é apenas no final do Massacre Quaternário que ela descobre seu surpreendente propósito.

"No livro *Em Chamas*, a história evolui de um duelo de gladiadores para uma rebelião", explica Suzanne Collins. "Os Jogos Vorazes, que sempre foram um símbolo do poder da Capital sobre os outros distritos, agora se torna foco de divergências políticas. Já que os Jogos são televisionados, acaba sendo uma oportunidade rara para os rebeldes se comunicarem com todas as pessoas dos distritos. O que está em jogo não é apenas pessoal, é nacional. O resultado muda o curso da história de Panem."

De alguma forma, Katniss deve assumir uma posição neste momento de muita tensão política. O diretor Francis Lawrence – sem parentesco com a atriz que interpreta Katniss – analisa: "Katniss

Peeta Mellark (Josh Hutcherson), Effie Trinket (Elizabeth Banks) e Katniss Everdeen (Jennifer Lawrence) durante a colheita para o Massacre Quaternário no Distrito 12.

Peeta (Josh Hutcherson) e Katniss (Jennifer Lawrence) se mostram unidos durante a Turnê da Vitória.

KATNISS (JENNIFER LAWRENCE) CONFORTANDO A IRMÃ, PRIM (WILLOW SHIELDS).

Everdeen não tem nenhum interesse em ser uma heroína. É fácil se identificar com o fato de ela ter necessidades e desejos bem pessoais: proteger a si mesma e as pessoas que ama. Agora outras coisas estão sendo exigidas dela e ela reluta em fazer parte disso. Não quer ser responsável por todas essas pessoas. Não quer ser exemplo para ninguém. Ela já tem preocupações suficientes. Essa é uma das coisas mais verdadeiras sobre sua personagem. Mas, eventualmente, ela terá de fazer escolhas difíceis".

A produtora Nina Jacobson faz algumas reflexões: "Katniss despertou, mas ela ainda não está pronta para liderar. Ela ainda tem dúvidas. Por que ela salvou Peeta? Foi para ganhar os Jogos? Para se salvar? Foi por ética? Ou será que ela realmente o ama? Katniss precisa responder a essas perguntas à medida que se depara com cada vez mais evidências de como inspirou as pessoas de cada distrito, e de como eles esperam que ela os lidere. Ela ainda não se vê como uma líder, mas está gradualmente assumindo esse papel".

Assim como Katniss na arena, o filme *Jogos Vorazes* se transformou em algo muito maior do que qualquer um ousou imaginar. O sucesso espetacular da obra permitiria que a Lionsgate, produtora do filme, reunisse outro time de primeira para trazer às telas a próxima parte da história épica de Suzanne Collins.

> "EM CHAMAS AMPLIA A HISTÓRIA QUE COMEÇOU EM JOGOS VORAZES E NOS OFERECE UMA VISÃO MAIS AMPLA DESSE MUNDO. AO MESMO TEMPO, AGORA JÁ CONHECEMOS E AMAMOS OS PERSONAGENS, E PODEMOS MERGULHAR FUNDO EM SUAS HISTÓRIAS, COM AINDA MAIS ENVOLVIMENTO."
> —FRANCIS LAWRENCE—

PARTE 2
A CONTINUAÇÃO

O PRIMEIRO PASSO

O DIRETOR FRANCIS LAWRENCE NO SET DE FILMAGEM.

Os criadores do filme estavam muito animados com as novas possibilidades que os aguardavam na sequência de *Jogos Vorazes*. Já com um filme de sucesso no currículo, a produtora Nina Jacobson sabia que o público estaria aguardando ansiosamente pelo filme seguinte, *Jogos Vorazes: Em Chamas*. As expectativas para a continuação seriam altas e era responsabilidade de sua equipe produzir algo que os fãs amariam tanto quanto o primeiro primeiro filme.

"Nós precisávamos deixar claro para nós mesmos e para os fãs que ainda estamos mirando tão alto quanto antes e que seremos até mais ambiciosos nas sequências", declarou Jacobson. "Nós continuaremos nos arriscando criativamente e honraremos os livros da mesma forma que fizemos no primeiro."

> "O DIRETOR PERFEITO SERIA AQUELE QUE TIVESSE UMA GRANDE QUANTIDADE DE PERSPICÁCIA EMOCIONAL, CONTASSE A HISTÓRIA DE KATNISS E MOSTRASSE O TRAUMA PSICOLÓGICO QUE ELA SOFREU, E QUE, AO MESMO TEMPO, FOSSE UM TALENTOSO ESTILISTA VISUAL."
> —ERIK FEIG—

Felizmente, a Lionsgate encontrou o diretor ideal para o segundo filme, alguém que estava pronto para assumir esse desafio tão importante. Erik Feig, da Lionsgate, lembra exatamente o que estava procurando: "O diretor perfeito seria aquele que tivesse uma grande quantidade de perspicácia emocional, contasse a história de Katniss e mostrasse o trauma psicológico que ela sofreu, e que, ao mesmo tempo, fosse um talentoso estilista visual

O DIRETOR FRANCIS LAWRENCE CONVERSA COM JENNIFER LAWRENCE (KATNISS) E LIAM HEMSWORTH (GALE), NO CENÁRIO DO DISTRITO 12.

que pudesse fazer justiça à magnitude do mundo de *Jogos Vorazes: Em Chamas*". Entra em cena Francis Lawrence.

Lawrence é conhecido pelo seu estilo visual decidido e imaginação vivaz. Ele começou sua carreira como um bem-sucedido diretor de videoclipes e comerciais, até que ingressou na indústria de longas-metragens. Ele foi o diretor de sucessos como *Eu sou a lenda*, estrelado por Will Smith, e *Água para elefantes*, outro filme baseado num livro best-seller. Lawrence tem muita experiência na criação de mundos futurísticos, na direção de momentos de pura tensão e em incitar romances em cenários improváveis... Tudo que ele usaria em seu novo projeto.

Lawrence estava ansioso para dirigir o segundo filme da série: "Parte da diversão de produzir a sequência de *Jogos Vorazes* é que a história se expande em muitos pontos. Eu amei a ideia de desenvolver os personagens, deixá-los crescer e criar novos dramas para eles, que estarão pisando em terrenos ainda mais perigosos que os do primeiro filme". Ele mal podia esperar para desenvolver o mundo do primeiro *Jogos Vorazes*. O novo filme apresentaria muito mais da Panem com as visitas de Katniss e Peeta aos distritos na Turnê da Vitória e mostraria ainda mais da Capital. Também teria de ser criada uma arena totalmente nova. Lawrence estava animado, e inspirado por todas essas possibilidades.

No primeiro filme, os tributos vão à caça uns dos outros e a ação principal consiste em conflitos corpo a corpo entre eles. Entretanto, no segundo

O DIRETOR FRANCIS LAWRENCE TRABALHA COM SAM CLAFLIN (FINNICK), JOSH HUTCHERSON (PEETA) E JENNIFER LAWRENCE (KATNISS), NO SET MONTADO NO HAVAÍ.

filme, os Jogos são diferentes. Os tributos são vitoriosos de edições anteriores que descobriram que vencer os Jogos não é tão recompensador quanto imaginavam e ficam chocados por serem jogados de volta em uma arena. Em consequência, os ataques mais violentos agora não partem dos tributos, mas sim da própria arena.

> "EU QUERIA REPRESENTAR O LIVRO, NÃO REINVENTÁ-LO."
> — FRANCIS LAWRENCE —

Lawrence enxergou os obstáculos da arena como um desafio duplo para sua carreira de cineasta: criar cenas de ação inacreditáveis enquanto provoca uma gama de emoções no espectador. "Acredito que parte da diversão de qualquer cena dramática ou cena de ação é sentirmos a diferença de uma para a outra", ele explica. "A névoa, para mim, na verdade é uma cena que representa sacrifício e perda; o ataque dos macacos representa medo, e assim por diante."

Lawrence trabalhou com a escritora Suzanne Collins e com os roteiristas Simon Beaufoy e Michael DeBruyn para esboçar um roteiro que se mantivesse fiel ao romance original e aumentasse seu potencial dramático. "Eu queria representar o livro, não reinventá-lo", ratifica Lawrence. "O resultado foi este grupo orgânico de pessoas incríveis trabalhando juntas para contar esta história da melhor maneira possível no formato de filme."

O mentor do Distrito 12, Haymitch Abernathy, interpretado por Woody Harrelson.

REUNINDO O ELENCO

Em *Jogos Vorazes: Em Chamas*, novos atores se juntariam ao grupo talentoso que incluía a vencedora do Oscar, Jennifer Lawrence, Josh Hutcherson, Liam Hemsworth, Woody Harrelson, Elizabeth Banks, Lenny Kravitz e Donald Sutherland. Os papéis mais importantes a serem preenchidos eram o de Plutarch Heavensbee, Chefe dos Idealizadores dos Jogos, e os dois vitoriosos que Katniss acaba conhecendo melhor: Finnick Odair e Johanna Mason. "Há muita ação no filme," afirma o produtor Jon Kilik, "mas ela é impulsionada pelos personagens, por isso é preciso bons atores que possam oferecer múltiplas dimensões para cada parte."

> "FINNICK É MUITO CONFIANTE E CHARMOSO. ELE É O ROSTO CONHECIDO POR TODOS... MAS ELE NÃO PODE REVELAR SEUS SENTIMENTOS, NUNCA, PORQUE ELE SENTE QUE ESTÁ SEMPRE SENDO OBSERVADO. ELE NÃO É QUEM APARENTA SER."
> —SAM CLAFLIN—

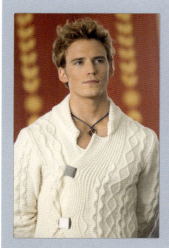

OS TESTES DE ELENCO QUE RODARAM O MUNDO

O processo de seleção de elenco é algo que pode rodar o mundo. Erik Feig descreve o estágio inicial para seleção do papel do Finnick: "Diretores de elenco de todas as partes do mundo postaram vídeos de atores fazendo a leitura dos papéis num site especial para os produtores do filme. Nós vimos todos os tipos de atores que você possa imaginar, dos EUA, do Reino Unido, da Austrália..." Quando eles encontraram Sam Claflin, a busca terminou. Feig continua: "A primeira vez em que assistimos ao teste de Sam, o áudio estava acidentalmente no mudo, mas, mesmo sem som, ele se destacou na tela. Ele tinha a mesma energia do personagem, a vulnerabilidade que traduzia nossa compreensão e afeição por tudo que Finnick representa. Então, quando ligamos o som e conseguimos escutar suas falas e a inteligência que ele transmitia, nós sabíamos com toda a certeza que havíamos encontrado nosso Finnick".

A primeira escalação foi Jeffrey Wright como Beetee, ator que já havia trabalhado com o produtor Jon Kilik em quatro filmes anteriores. "Ele é um ator que consegue se metamorfosear em qualquer papel", elogia Kilik. "Ele é versátil e extremamente talentoso. Seu papel exigia alguém que conseguisse ser ao mesmo tempo inteligente e metódico, além de um pouco perigoso. Não havia dúvidas de que Jeffrey estaria à altura." Os filmes anteriores de Wright incluem 007: *Casino Royale*, *Basquiat: Traços de uma vida*, *Flores Partidas* e *W*. No *Em Chamas*, ele interpretaria um vitorioso com sofisticadas habilidades tecnológicas que logo reconhece o poder de Katniss.

Para Finnick, Francis Lawrence e os produtores queriam um ator que tivesse um bom equilíbrio entre presunção e sensibilidade. O ator britânico Sam Claflin, conhecido por interpretar William, em *Branca de Neve e o Caçador*, era perfeito para o papel. Claflin explica: "Finnick é muito confiante e charmoso. Ele é o rosto conhecido por todos. Todos os homens querem ser ele e todas as mulheres querem estar com ele. Mas ele não pode revelar seus sentimentos, nunca, porque ele sente que está sempre sendo observado. Ele não é quem aparenta ser".

No teste de elenco e ao longo das filmagens, Claflin conseguiu retratar ambos os lados desse personagem complicado. Ele mostra esse equilíbrio com primor na cena infame do torrão de açúcar, quando encontra Katniss pela primeira vez. "Acho que ela nunca tinha conhecido alguém como ele", pondera Jennifer Lawrence. "Finnick esconde sua verdadeira personalidade e leva um tempo para Katniss perceber o que ele está escondendo."

Nos próximos filmes, haverá uma evolução no personagem Finnick e a equipe sentiu que Claflin daria conta desse recado também. "Finnick é na

JEFFREY WRIGHT COMO O EXCÊNTRICO, MAS BRILHANTE VITORIOSO DO DISTRITO 3, BEETEE.

Peeta (Josh Hutcherson) e Katniss (Jennifer Lawrence) discutem com Haymitch (Woody Harrelson) o real propósito da Turnê da Vitória.

O sempre provocante Finnick Odair (Sam Claflin) assedia Katniss (Jennifer Lawrence) no Centro de Treinamento.

verdade três personagens diferentes no decorrer da série", diz Erik Feig, da Lionsgate. "A primeira impressão de Katniss é que ele é o pavão da Capital e é isso o que percebemos na primeira cena na qual ele aparece. Na arena, ele se torna um tipo diferente de Finnick, um aliado e um amigo. E, é claro, torna-se um terceiro tipo de Finnick quando chegamos em *A Esperança*. Isso requer um ator complexo e sofisticado, alguém que possa contrabalancear a arrogância e petulância de Finnick com carisma, alguém que possa mostrar o que a vida dele lhe custou."

DECOLAGEM

Bruno Gunn foi escolhido para o papel de Brutus, um dos Carreiristas do Distrito 2. "Estava indo visitar minha família em Roma, mas tive de fazer uma parada em Toronto", ele recorda. "Eu acho que eu tinha menos de uma hora para pegar meu voo e eu estava me arrastando para o portão quando meu telefone tocou. Era minha empresária e ela disse: 'Você é o Brutus'. E eu disse: 'Você está brincando, não é? Verdade?' Em seguida, eu embarquei num voo de nove horas e não pude contar a ninguém. E adivinha só... havia seis filmes disponíveis para assistirmos no avião. Todo mundo só queria saber de ver *Jogos Vorazes*!"

A VITORIOSA DO DISTRITO 7, JOHANNA MASON (JENA MALONE), APERFEIÇOA SUAS HABILIDADES COM ARMAS NO CENTRO DE TREINAMENTO.

de criança e estava começando a conseguir papéis cada vez mais exigentes, entre eles uma temporada da peça *Doubt*, na Broadway.

"Ela interpretou uma cena do livro", relembra Nina, "na qual ela se oferece para adentrar na floresta logo depois de Finnick e Katniss ficarem traumatizados pelo encontro com gaios tagarelas que estavam nas árvores. E ela simplesmente diz: 'Não sou como vocês. Não há mais ninguém no mundo que eu ame'. Quando ela disse essa fala, deu para sentir que não era autopiedade, era apenas uma declaração devas-

> "QUANDO ELA [JENA MALONE] FEZ SEU TESTE DE ELENCO, FOI TÃO INTENSO E VISCERAL E PERIGOSO... ELA SIMPLESMENTE ARRASOU."
> —NINA JACOBSON—

Katniss não sabe ainda, mas seu futuro depende de Finnick e Johanna Mason, uma vitoriosa bastante temperamental. "No momento de escolher a nossa Johanna", recorda-se Jacobson, "realmente fomos compelidos a escolher Jena Malone. Quando ela fez o teste, foi tão intenso e visceral e perigoso... Ela simplesmente arrasou". Jena é atriz destadora de que ela está sozinha no mundo e de que sua coragem vem do fato que não há mais ninguém que ela possa perder."

Jena foi apresentada aos livros da trilogia pela irmã mais nova, uma ávida leitora. "A expressão no

A REBELIÃO ESTÁ NA MODA

Como estilista de Katniss, Cinna, Lenny Kravitz interpreta um papel crucial no *Em Chamas*. Kravitz comenta sobre seu personagem: "Ele está mostrando um pouco de sua rebeldia, mas em vez de ser óbvio, ele mostra por meio de seu trabalho, em suas criações. O Presidente Snow quer que Katniss se case, por isso Cinna desenha um vestido extravagante. Mas então o vestido se torna algo totalmente diferente: um tordo, o símbolo da rebelião. Ninguém espera isso de Cinna, mas ele com certeza deixa sua mensagem". Na Capital, Cinna é a única pessoa na qual Katniss sente que pode confiar e o laço entre os dois personagens fica mais forte em *Jogos Vorazes: Em Chamas*. A lealdade de Cinna dá coragem a Katniss e, claro, um estilo inesquecível.

Johanna Mason (Jena Malone) examina a arena.

rosto dela mudava completamente quando falava sobre os livros", recorda. "E eu pensei: Uau, isso deve ser muito bom." Assim como muitos dos novos membros do elenco, ela já se sentia conectada à trilogia e estava muito feliz por fazer parte de um filme que seria visto por um público tão grande.

Para Plutarch, era um sonho da equipe conseguir Philip Seymour Hoffman. "Queríamos que Plutarch fosse manipulador, brilhante, e conspirador, e sabíamos que Hoffman podia ser tudo isso", diz Erik Feig. Os produtores e Francis Lawrence foram assisti-lo em sua produção da Broadway, *A morte de um caixeiro-viajante*, e o que viram os convenceu de que ele era o homem ideal para o papel. Eles esperaram, pacientemente, com os dedos cruzados, até que ele tivesse tempo de ler o roteiro e de decidir se gostaria de participar.

Quando ele aceitou, eles ficaram maravilhados. O público já o conhecia por ter ganhado o Oscar de melhor ator em *Capote* e por ter participado de filmes como *O homem que mudou o jogo* e *O mestre*. O coprodutor Bryan Unkeless complementa: "Philip Seymour Hoffman dá densidade ao papel de Plutarch – ele tem a experiência, a inteligência e

Chefe dos Idealizadores dos Jogos, Plutarch Heavensbee (Philip Seymour Hoffman).

O Presidente Snow, interpretado mais uma vez pelo ator Donald Sutherland, reúne-se com o Chefe dos Idealizadores dos Jogos, Plutarch Heavensbee (Philip Seymour Hoffman).

a profundidade. Com ele no papel, você consegue entender por que o Presidente Snow trabalharia com alguém como ele. Você entende como Snow seria capaz de respeitá-lo, compreendê-lo, e até seguir seu conselho".

Unkeless acrescenta: "Plutarch também tem uma percepção única de como o entretenimento pode ser usado para manipular as massas; ele é um mestre da publicidade".

O diretor Francis Lawrence trabalhou pessoalmente com Hoffman para construir seu relacionamento com o Presidente Snow. Muitas das cenas entre esses dois personagens não estão no livro, mas foram elaboradas pelos atores e diretor.

"Alguns de seus momentos cruciais na história eram criações completamente novas para nós", pontua Lawrence. "No começo, não entendemos por que Plutarch Heavensbee, um Idealizador dos Jogos aposentado, teria se oferecido para comandar esta edição do Massacre Quaternário para Snow. Eventualmente descobrimos que ele estava tentando encontrar a melhor maneira possível de

> "PHILIP SEYMOUR HOFFMAN DÁ DENSIDADE AO PAPEL DE PLUTARCH – ELE TEM A EXPERIÊNCIA, A INTELIGÊNCIA E A PROFUNDIDADE."
> —BRYAN UNKELESS—

> "JÁ ATUO HÁ CINQUENTA ANOS E ACHAVA QUE JÁ ESTAVA EM UMA FASE NA QUAL NÃO PRECISASSE USAR UM MACACÃO PRETO E PRATEADO. MAS AQUI ESTOU!"
> — LYNN COHEN —

LYNN COHEN INTERPRETA MAGS, A MAIS VELHA PARTICIPANTE DO MASSACRE QUATERNÁRIO.

se livrar de Katniss. Então, já quase no final do filme, descobrimos mais uma faceta dos planos de Plutarch."

Antes mesmo de saber do que se tratavam os *Jogos Vorazes*, já diziam a Lynn Cohen, uma atriz veterana, que ela deveria estar no filme. Lynn se lembra de que "meses antes, um amigo telefonou e disse: 'Sabe, você deveria ser a Mags.' Então eu encerrei a ligação, liguei para o meu agente e disse: 'Eu não sei... mas há alguém chamada Mags que me disseram que eu deveria interpretar.' Então ele disse algo como: 'Tudo bem! Vou cuidar disso...' Uns dois meses depois, eu estava na Toscana e minha neta estava lendo o último livro da trilogia Jogos Vorazes. 'Ei, vovó? Acho que você daria uma ótima Mags!' Resumindo: eu estava destinada a interpretar este papel. O engraçado é que já atuo há cinquenta anos e achava que já estava em uma fase na qual não precisasse usar um macacão preto e prateado. Mas aqui estou!"

Os novos atores estavam radiantes por fazer parte do elenco, com a certeza de que estariam trabalhando com um time de ponta em uma franquia que impressionou os espectadores por todo o globo.

O PAPEL DO MENTOR

O personagem de Woody Harrelson, o mentor Haymitch Abernathy, é imprevisível e descontrolado. Enquanto Haymitch e Peeta conseguem se entender, ele e Katniss têm uma relação controversa. Por trás das câmeras, entretanto, ele faz tudo que pode para ajudá-la. Harrelson diz: "Talvez não possamos ver na tela, mas Haymitch sabe que esse é um momento crucial para Katniss, que ela é o símbolo da rebelião que está quase estourando. Ele não quer que ninguém perceba o que ele está fazendo, mas ele está sempre do lado dela".

Johanna Mason (Jena Malone) treina com um machado, enquanto os vitoriosos do Distrito 1, Cashmere (Stephanie Leigh Schlund) e Gloss (Alan Ritchson) a observam.

A PREPARAÇÃO

Independentemente de serem novos ou não no elenco, os atores fizeram alguns treinamentos básicos para se prepararem para o filme, especialmente os tributos. Para eles, era necessário entrar em forma para aguentar as cenas de ação sem que ficassem exaustos.

O coordenador de dublês, Chad Stahelski, se reuniu com o diretor, Francis Lawrence, para discutir quais armas estariam disponíveis na Cornucópia. Com isso, ele poderia estipular quais habilidades deveriam ser mais bem trabalhadas durante os treinamentos dos atores.

Alan Ritchson, que interpreta Gloss, diz: "Nós íamos para a academia com os dublês. Eles me ensinaram como arremessar estas facas, técnicas de como posicionar o corpo e rolar para diminuir o impacto em caso de queda, além de artes marciais. Foi uma das coisas mais difíceis que já fiz. Eu ficava completamente exausto e esgotado, mas era incrível". Sam Claflin complementa: "Eu aprendia uma tática nova todos os dias, tentava diferentes movimentos e o que você puder imaginar. Foi como o sonho de todo garoto. Eu amo o trabalho de dublê e adoro colocar a mão na massa. Este, de longe, é o trabalho que mais me exigiu fisicamente".

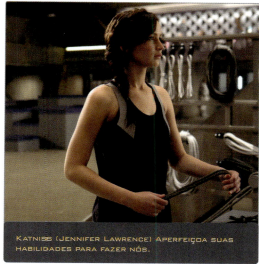

KATNISS (JENNIFER LAWRENCE) APERFEIÇOA SUAS HABILIDADES PARA FAZER NÓS.

Enquanto isso, os atores que já estavam no primeiro filme tinham uma base sólida para ser lapidada. Chad Stahelski destaca que: "Com Katniss, levamos seu treinamento com o arco e flecha para um nível acima. Ficamos bastante tempo na academia com a Jen treinando tiro com arco, condicionamento físico e combate corpo a corpo". Jennifer completa: "Eu amo fazer o trabalho de dublê no filme. Os meses extras de treinamento valem muito a pena, quando consigo fazer eu mesma as cenas de ação".

> "EU AMO FAZER O TRABALHO DE DUBLÊ NO FILME. OS MESES EXTRAS DE TREINAMENTO VALEM MUITO A PENA, QUANDO CONSIGO FAZER EU MESMA AS CENAS DE AÇÃO."
> — JENNIFER LAWRENCE —

Em um espaço de semanas, os novos atores que começaram aprendendo como segurar suas armas já podiam arremessá-las com confiança. Stephanie Leigh Schlund, que interpreta Cashmere, vitoriosa do Distrito 1, diz que ela agora consegue manejar facas "de modo muito casual, do tipo já-nasci-com-uma-faca-na-mão", assim como uma verdadeira Carreirista.

Jena Malone reforça: "Chad é uma pessoa que tem a incrível habilidade de ressaltar os pontos fortes de cada indivíduo. Ele via algum movimento aleatório meu e dizia: 'Ei, faça de novo'. Ele descobre coisas nas quais você já é bom e faz de você um especialista".

Mas havia uma diferença psicológica para o treinamento do segundo filme. "O passado de cada personagem é um pouco mais sombrio e pesado", explica Stahelski. "Katniss, Peeta e os outros tributos já passaram por aquilo – eles sabem o que se espera deles, então você pode levar a ação para o próximo nível."

O vitorioso do Distrito 2, Brutus, interpretado por Bruno Gunn, prepara-se para arremessar uma lança no Centro de Treinamento.

DEFININDO NOVOS PERSONAGENS

Conforme trabalhavam para incorporar o personagem fisicamente, os novos atores também estavam se aprofundando nas identidades que eles assumiriam no filme.

Assim como os outros novatos, Jena Malone teve de imaginar pelo que Johanna Mason, sua personagem, passou antes de chegar à Capital para o Massacre Quaternário. Malone diz: "Não é fácil se recuperar depois de participar de uma edição dos Jogos Vorazes e logo em seguida ter de lidar com a pressão que a Capital coloca sob um vencedor para se tornar um fantoche. Você se torna um tipo de peão do sistema e tem de ir aos próximos Jogos e treinar outros tributos. Por Johanna ser um pouco imprevisível, a Capital não conseguiu forçá-la a fazer tudo o que eles conseguiram impor aos outros vitoriosos".

Ela observa que Johanna é muito diferente de Katniss. "Johanna não entende como Katniss pode permitir que a Capital a manipule. Os amantes desafortunados, o casamento, o bebê – Johanna nunca faria isso. Mas ela respeita Katniss porque ela também é inteligente. E porque ela é a líder da rebelião, gostando ou não."

Bruno Gunn, que interpreta Brutus, sempre se lembrava da Cato, o último tributo a morrer de seu distrito. Bruno estava ciente de que, por ser um vitorioso, Brutus deve ter sido o mentor de Cato, que o aconselhou sobre como sobreviver aos Jogos. "Quero

JOHANNA MASON (JENA MALONE).

dizer, pensa bem," pondera Gunn, "Cato foi o último que restou nos Jogos além de Katniss e Peeta, não é? Claro que Brutus o treinou! Eu gosto de pensar que Brutus colocou Cato sob sua proteção."

> "Assim como Katniss usa o amor para se promover, Enobaria usa a fúria."
> — Meta Golding —

A personagem de Meta Golding, Enobaria, venceu sua edição dos Jogos Vorazes depois de rasgar a garganta de outro tributo com os dentes. Mais tarde, ela lixou seus dentes até ficarem pontudos, assim ninguém se esqueceria de seu feito. "Assim como Katniss usa o amor para se promover," pondera Meta, "Enobaria usa a fúria."

Mas até mesmo Enobaria está apreensiva por voltar aos Jogos. "Como é estar no Massacre Quaternário?", questiona-se Meta. "Terrível. Humilhante. Quero dizer, eu achava que apenas voltaria para casa e seria uma mentora... e isso já era ruim por si só. Eu queria ajudar as crianças do meu distrito, não enviá-las para uma guerra! Mas eu me tornei um símbolo de tamanha ferocidade, que sinto que é meu dever voltar para a arena. Ainda sou forte e ainda treino, acredito que talvez eu possa ganhar de novo. Mas estou chocada e furiosa."

A vitoriosa do Distrito 2: Enobaria (Meta Golding).

Katniss (Jennifer Lawrence) e Peeta (Josh Hutcherson) no palco de um dos distritos visitados durante a Turnê da Vitória.

O RETORNO AO PERSONAGEM

Enquanto os atores novatos trabalham em seus personagens pela primeira vez, os atores veteranos precisam ponderar como seus personagens haviam mudado e crescido desde o último filme.

Katniss, por exemplo, tem pesadelos e está lutando contra os efeitos de sua primeira rodada na arena. A estrela Jennifer Lawrence diz o seguinte: "[Ao iniciar a Turnê da Vitória] Katniss estava começando a tentar colocar sua vida nos eixos. A regra é: depois que você ganha, você nunca mais precisa repetir a experiência. A ideia de ter de voltar para a arena era simplesmente inimaginável para ela".

Para entender os sentimentos de Katniss, Lawrence estudou e procurou aprender tudo o que podia sobre transtorno de estresse pós-traumático, uma condição muito debilitante que normalmente acontece depois que se passa por uma experiência extremada como lutar em uma guerra.

Ela está num momento muito complicado, mas Katniss precisa aprender a confiar em outras pessoas e estabelecer alianças durante o Massacre Quaternário. Jennifer Lawrence explica: "Normalmente, nos Jogos, qualquer tributo é um inimigo. Mas nesta rodada, Haymitch começa a deixar claro para nós a real importância de ter aliados". O que Katniss não sabe, entretanto, é que algumas alianças são mais fortes que outras e que algumas já existem desde antes do Massacre Quaternário.

Katniss fica mais desconfortável no ambiente que os Idealizadores dos Jogos criaram desta vez. "Os primeiros Jogos foram na floresta", diz Lawrence. "Mas essa arena é algo novo para ela. Uma selva. Uma selva sinistra."

40 PARTE 2: A CONTINUAÇÃO

E como se não fosse suficiente estar em choque, num território desconhecido, tentando conseguir aliados que poderiam se voltar contra ela, Katniss está sofrendo com problemas do coração. O público acha que ela tem apenas de escolher entre Peeta e Gale, mas Jennifer Lawrence pensa de outra forma.

> "HÁ COISAS NA VIDA DE KATNISS AGORA QUE GALE NÃO ENTENDE... E HÁ OUTRAS QUE APENAS PEETA É CAPAZ DE COMPREENDER."
> —JENNIFER LAWRENCE—

Apesar de Katniss ter estabelecido conexões profundas com ambos, nesse momento, nenhum dos dois pode oferecer o que ela precisa. "Há coisas na vida de Katniss agora que Gale não entende. E ele entendia tudo antes", considera Jennifer. "E há outras que somente Peeta é capaz de compreender. Ela acaba tendo essas duas vidas paralelas e dois amores paralelos."

Até que ela consiga resolver tudo, Katniss se sente completamente sozinha.

Os desafios de Peeta são diferentes, pois ele entende mais rápido que Katniss a nova realidade política. Desde o início do primeiro filme, ele esteve mais consciente do que a Capital exige dos tributos, mais consciente de que eles se tornam pessoas totalmente diferentes dentro da arena – eles se transformam em atores. Então, quando ele retorna vivo para casa, descobre o que a Capital exige dos denominados vitoriosos. Josh Hutcherson explica: "Katniss só pensa em aceitar tudo em silêncio, não quer contestar nada, pois quer manter sua família em segurança. Peeta, por outro lado... Não acredito que ele realmente queira uma rebelião, mas ele não seria totalmente contra".

Os moradores da Capital amam a Turnê da Vitória e o Massacre Quaternário, mas deixam o melhor amigo de Katniss, Gale, furioso. Liam Hemsworth descreve seu personagem dessa maneira: "O enredo de Gale está se tornando mais complexo. Ele vê o Massacre Quaternário como mais uma traição da Capital. Definitivamente, ele faz mais parte da ação agora, e dá para perceber a chama que está acesa dentro dele. Ele não pode só ficar sentado e assistindo, ele tem de agir. Até mesmo quando Katniss sugere que eles fujam, ele sabe que não pode simplesmente abandonar os demais".

ATITUDES OPOSTAS

Katniss tem relações complicadas com Peeta e Gale, para dizer o mínimo. Francis Lawrence os descreve da seguinte maneira: "Os personagens de Josh e Liam se revelam ainda mais neste filme. Começamos a compreender melhor suas convicções e filosofias, assim como suas intenções em relação a Katniss. Gale representa a necessidade de combater o sistema. A necessidade de se rebelar, de lutar e até mesmo de um pouco de violência. Peeta representa o oposto. Ele quer que as pessoas resolvam tudo de uma maneira que não envolva violência; e ele é bem eloquente. Muitas vezes, ele consegue resolver problemas graves apenas com palavras".

"Katniss está em casa, passando mais tempo com Gale. Entretanto, ela ainda tem um laço com Peeta por causa de tudo que eles passaram juntos. Katniss está tentando esquecer tudo o que aconteceu, mas quando é jogada de volta à arena, é muito fácil se voltar para Peeta, mais uma vez, a fim de conseguir apoio."

Gale Hawthorne (Liam Hemsworth) é detido pelos Pacificadores.

PRIMROSE EVERDEEN (WILLOW SHIELDS) E BUTTERCUP.

Primrose Everdeen, a irmã de Katniss, deve permanecer no Distrito 12 quando Katniss viaja para a Turnê da Vitória e depois quando ela é enviada para o Massacre Quaternário.

Mas Prim está mais forte dessa vez – mais bem equipada para seguir em frente e apoiar sua família enquanto Katniss está longe. Willow Shields, a jovem atriz que interpreta Prim, reflete sobre o relacionamento entre as irmãs. "Quando elas eram crianças, o pai delas morreu e a mãe passou por uma séria depressão. Durante esse tempo, Katniss e Prim se tornaram muito próximas – e elas dividem esse laço, essa amizade, essa lealdade por causa disso. Elas sempre se mantiveram juntas e Katniss sempre cuidou de Prim."

Entretanto, esses papéis estão mudando. Prim foi forçada a crescer rapidamente. Willow sabe que sua personagem está bem mais madura neste filme. "Katniss a ensinou a ajudar a família, a ajudar a mãe delas. E nesse meio tempo, Prim

BUTTERCUP

Um personagem que aparece ao longo de toda a série é Buttercup – "o gato mais feio do mundo", como Katniss o chama no livro *Jogos Vorazes*. No livro de Suzanne Collins, o gato é descrito como tendo um "nariz esmagado, metade de uma orelha arrancada, olhos da cor de abóbora podre". O gato é totalmente devotado a Prim, mas sempre desconfiou de Katniss – desde o momento em que ela tentou afogá-lo num balde quando Prim o trouxe para casa, um gatinho raquítico e cheio de pulgas.

Em *Jogos Vorazes: Em Chamas*, entretanto, Buttercup e Katniss desenvolvem um novo laço inesperado, já que Buttercup odeia a nova casa das Everdeen, na Vila dos Vitoriosos, quase tanto quanto Katniss.

também está aprendendo a ser uma curandeira, seguindo os passos da mãe."

Seu papel na comunidade também está mais ativo. "Prim é um tipo de curandeira em *Jogos Vorazes: Em Chamas*, assim como a mãe", observa Willow. "Ela se tornou uma médica para todos no Distrito 12."

Effie Trinket – a acompanhante dos tributos do Distrito 12 todos os anos – pode parecer uma personagem superficial no começo. Elizabeth Banks, que interpreta Effie, explica: "Effie acaba sendo aquela que quebra a tensão com humor nos filmes. *Jogos Vorazes* e *Jogos Vorazes: Em Chamas* trabalham muitos temas bem sérios e muitas coisas com carga emocional intensa. Effie dá um pouco de leveza quando chega o momento de deixar as lágrimas e as emoções de lado. Portanto, realmente amo ter essa função no filme".

Ainda assim, no decorrer de *Jogos Vorazes: Em Chamas*, Effie começa aos poucos a crescer como personagem. No começo, ela mal pode esperar para acompanhar Katniss e Peeta na Turnê da Vitória, exibi-los para toda Panem. Ela nunca teve um vitorioso do distrito sob seus cuidados – e agora tem dois! Finalmente, ela tem o reconhecimento do Presidente Snow e da Capital, e não

Effie (Elizabeth Banks) e Peeta (Josh Hutcherson) na festa do Presidente.

Effie Trinket (Elizabeth Banks) a bordo do trem rumo à Capital.

O MELHOR ÂNGULO

Stanley Tucci interpreta Caesar Flickerman, o apresentador dos Jogos Vorazes. Ele está significativamente eufórico pelo Massacre Quaternário, mesmo quando suas entrevistas tomam um rumo inesperado. "Você percebe a justaposição entre a função dele e o que está acontecendo nos distritos", pontua Tucci, "e isso é bem perturbador." Enquanto a inquietação aumenta, Flickerman faz o que sempre fez: ele entrevista os tributos antes de irem para a arena para morrerem. Mas "Katniss está muito mais perspicaz desta vez", avalia. "Ela sabe como usar Caesar e o programa dele a favor dela agora."

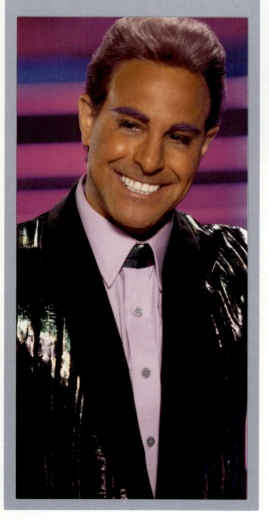

há nada que Effie ame mais neste mundo do que estar no centro das atenções.

Então, de repente, menos de um ano depois, seus tributos são escolhidos mais uma vez, enviados para uma morte quase certa. "Quando começa o Massacre Quaternário, Effie sente que algo muito próximo a seu coração foi roubado", diz Elizabeth Banks. "Ela sem dúvida é um produto de seu mundo, mas agora vê tudo de outro ângulo. Os olhos dela se abriram pela primeira vez."

> "[Os filmes] trabalham muitos temas bem sérios e muitas coisas com carga emocional intensa. Effie dá um pouco de leveza quando chega o momento de deixar as lágrimas e as emoções de lado."
> —Elizabeth Banks—

Enquanto isso, o Presidente Snow lida com o Massacre Quaternário como se fosse apenas outro movimento num jogo perigoso. No final do primeiro filme, o ato de rebeldia de Katniss desafia a autoridade da Capital, e o Presidente Snow sabe, melhor do que qualquer um, o quão rápido a Capital poderia perder o controle sobre os distritos. "Esta é uma sociedade criada à força", afirma Donald Sutherland, o ator que interpreta o presidente. "Não há generosidade. É como se fosse feita de papel; frágil assim. Uma simples faísca pode incendiá-la... e então ela pode se consumir por completo."

Mesmo percebendo imediatamente o perigo que Katniss representa, Snow também a considera fascinante. Sutherland explica: "Ele reconhece, praticamente desde o primeiro instante, que ninguém nunca havia sido uma ameaça a ele e que

Katniss é a manifestação dessa ameaça. Uma parte dele ama isso. Depois de tantos anos no poder, de repente ser desafiado e praticamente no final de sua vida... Isso proporciona um certo prazer a ele".

> "ESTA É UMA SOCIEDADE CRIADA À FORÇA... É COMO SE FOSSE FEITA DE PAPEL; FRÁGIL ASSIM. UMA SIMPLES FAÍSCA PODE INCENDIÁ-LA..."
> —DONALD SUTHERLAND—

A primeira cena de Sutherland em *Jogos Vorazes: Em Chamas* é aquela na casa das Everdeen, na qual é a primeira vez que eles estão sozinhos no mesmo lugar. Snow diz a Katniss que ele não está convencido por toda aquela cena de amantes desafortunados que eles fizeram na arena, mas sua vida está em jogo se ela não convencer o restante da Panem de que foi real. "Foi praticamente como Suzanne Collins escreveu", recorda Sutherland. "Foi simplesmente um prazer fazê-lo", Sutherland confessa que tem até certa afeição por Snow, o vilão da história. "Sou apaixonado pela precisão com a qual ele opera."

Com os atores já dentro do personagem, um diretor ciente do que quer e um exército, formado pela equipe, estrategicamente posicionado nos bastidores, chega o momento de dar a vida ao *Jogos Vorazes: Em Chamas*.

PRESIDENTE SNOW (DONALD SUTHERLAND).

PARTE 3

EXPANDINDO O MUNDO DE PANEM

A CRIAÇÃO DE PANEM

O time de criação de *Jogos Vorazes: Em Chamas* precisava manter um visual que desse sequência ao primeiro filme, mas que rompesse barreiras no segundo. Era uma oportunidade incrível para todos os envolvidos. O diretor Francis Lawrence acrescenta: "Eu realmente achei que era muito importante trabalhar com Phil Messina, nosso diretor de arte, para que o filme tivesse uma unidade estética. Nossa intenção não era reinventar nada, o objetivo mesmo era expandir para enxergar além das fronteiras do filme anterior".

O produtor Jon Kilik descreve o processo da seguinte maneira: "Precisávamos retomar do ponto em que paramos, com a estrutura do primeiro

Desenho conceitual mostrando Katniss e Peeta no Distrito 8, durante a Turnê da Vitória.

filme, com aquele estilo forte, gráfico e sólido, mas construindo em cima dele, ampliando e atendendo às exigências do segundo livro. Por exemplo, a mansão do Presidente Snow e a nova versão da base de treinamentos... essas eram coisas que deveriam estar relacionadas ao que fizemos da primeira vez".

Phil Messina estava ansioso pelos desafios apresentados pelo novo projeto, como a nova Cornucópia e a festa do presidente. "Eu realmente amei o que fizemos da primeira vez, mas poder ir além... é sempre divertido", admite. O número superior de cenários e o escopo mais amplo do novo filme dariam a ele novas possibilidades para continuar arquitetando esse mundo. Esta sequência leva Katniss e Peeta por toda Panem, assim como para mais lugares dentro do Distrito 12 e

Woody Harrelson e o diretor Francis Lawrence conversando no set de filmagens.

da Capital. E logo os levam para uma arena completamente diferente, cheia de novos obstáculos para os tributos.

Jogos Vorazes: Em Chamas precisou de mais locações para o Distrito 12 do que *Jogos Vorazes*, por isso Messina e sua equipe teriam a oportunidade de explorá-lo ainda mais.

O que os espectadores tinham visto da Capital podia ter modificações bem drásticas porque, conforme o produtor de arte Larry Dias destaca: "É uma sociedade que está sempre na moda e em transição. Na Capital, eles sempre estão planejando um novo espetáculo".

Algo que precisaram decidir bem no início foi se faria mais sentido filmar em locações ou desenvolver todo o cenário. O diretor Lawrence tinha uma opinião bem firme sobre esse assunto, segundo Nina Jacobson. "Francis queria de todas as maneiras que fosse mantida a sensação de coisas reais acontecendo com pessoas reais. Mesmo sendo no futuro, precisava transparecer algo imediato e urgente."

> "SEMPRE QUE POSSO, TENTO FILMAR EM LUGARES VERDADEIROS, PARA MANTER AS COISAS MAIS AUTÊNTICAS."
> — FRANCIS LAWRENCE —

Lawrence corrobora: "Sempre que posso, tento filmar em lugares verdadeiros, para manter as coisas mais autênticas. O desfile de carruagens, por exemplo, é feito quase todo digitalmente, mas nós fomos a um lugar e filmamos num piso nivelado e verdadeiro, com cavalos de verdade, mantendo tudo o mais real possível, dentro de certos parâmetros".

Um lugar após outro, a equipe de criação começou a recriar as cenas descritas no romance de Collins.

A LOGÍSTICA

Quando você assiste a um filme que tem um pouco menos de duas horas, é difícil imaginar quantas horas de filmagens são necessárias para produzi-lo. *Jogos Vorazes: Em Chamas* levou oitenta e nove dias para ser filmado: cinquenta e seis dias na região de Atlanta, trinta no Havaí, dois dias em Nova York e um em Los Angeles. Além disso — começando pelas pessoas que trabalharam na pré-produção até os atores e as equipes de efeitos visuais, havia por volta de 1.500 pessoas envolvidas no filme, do começo ao fim.

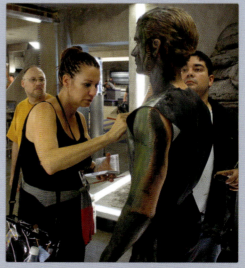

ACIMA: O CINEGRAFISTA SE POSICIONA PARA FILMAR ELIZABETH BANKS (EFFIE TRINKET).
ABAIXO: A MAQUIADORA NIKOLETTA SKARLATOS APLICA MAQUIAGEM NO ATOR JUSTIN HIX, QUE REPRESENTA O MORFINÁCEO DO DISTRITO 6.

Katniss (Jennifer Lawrence) troca mercadorias com uma comerciante no Prego.

DISTRITO 12

A equipe de produção foi para sua sede em Atlanta, Geórgia, uma grande área metropolitana com arredores bem variados, até mesmo paisagens campestres. Na cidade, eles encontraram uma fábrica histórica do século XIX, chamada *The Goat Farm Arts Center*, que atualmente é uma fazenda urbana de cultivo orgânico e uma comunidade de artistas. Era um lugar perfeito para filmar as cenas do Distrito 12.

"Eles nos deram liberdade total", conta Francis Lawrence. "Nós nivelamos tudo e depois construímos nosso Edifício da Justiça lá. Funcionou muito bem porque podíamos ter muitas coisas de verdade a nosso alcance, depois era só aumentá-lo digitalmente para os lados para dar uma sensação real das montanhas e dos equipamentos de mineração. Dessa forma, poderíamos sentir a vastidão do Distrito 12 enquanto ainda estávamos apenas na praça."

Também em Atlanta, eles encontraram um espaço industrial que costumava ser usado para a manutenção de trens, o Pullman Yard, que seria o local perfeito para construir o Prego. "O roteiro indicava não apenas o Prego, mas também um entorno com aspecto bem pobre", explica Messina. "Essa locação oferecia todo o espaço necessário para isso, com as mesmas características que tínhamos no primeiro filme. Ainda que o espaço fosse bem maior, nós precisávamos usá-lo para mostrar o crescente número de Pacificadores patrulhando o distrito. O cenário era enorme. Era como se tivéssemos criado um grande parque dos Jogos Vorazes lá."

O produtor de arte Larry Dias fez maravilhas lá dentro, transformando o espaço cavernoso em um tipo de mercado de pulgas, com as barracas dos vendedores separadas por pedaços de canos antigos. Até mesmo parecia que algumas pessoas dormiam em suas barracas, dando uma sensação geral de pobreza e desespero.

"A região pobre que montamos era composta não apenas do Prego, mas de todas as pessoas que de alguma maneira viviam nos arredores. As condições em que Katniss morava antes eram ruins, mas as pessoas deste lugar vivem em condições ainda piores, o que contrasta muito bem com a Aldeia dos Vitoriosos", ressalta Messina. "Katniss mora bem agora, mas ela ainda se sente mais à vontade no Prego."

A região mais pobre do Distrito 12.

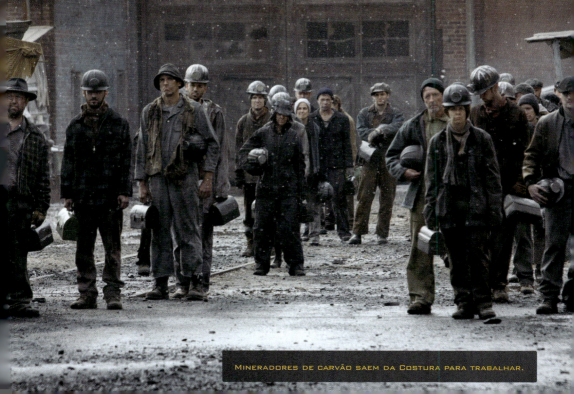

Mineradores de carvão saem da Costura para trabalhar.

Desenho conceitual do Distrito 12.

DISTRITO 12: A ALDEIA DOS VITORIOSOS

No livro, a Aldeia dos Vitoriosos é descrita como um conjunto de casas, por isso Messina imaginou doze casas idênticas enfileiradas em apenas uma rua. "Queríamos que todas fossem iguais, como os conjuntos habitacionais extravagantes", ele explica. Por haver tão poucos vitoriosos do Distrito 12, quase todas as casas estão vazias. Messina explorou suas ideias fazendo desenhos e pinturas dessa vizinhança exclusiva. Mesmo que tudo não fosse aparecer no filme, ele imaginou todos os detalhes de como a vizinhança seria.

Os responsáveis pelo levantamento de possíveis locações procuraram por um novo espaço que pudesse se adequar às filmagens, mas a equipe de produção decidiu construir a aldeia ideal do zero. Para as externas, a equipe construiu algumas fachadas. Unidas a fundos verdes, elas formariam o panorama da Aldeia dos Vitoriosos. Para as filmagens internas, eles construíram uma casa completa para Katniss em um palco do Georgia World Congress Center, junto com os interiores das casas de Peeta e Haymitch.

As casas são extravagantes no Distrito 12, mas não se equiparam à opulência das residências da Capital. Buscando inspiração para decorar esses cenários, Larry Dias imaginou que havia sido contratado pela Capital para ser o decorador dos vitoriosos. "Elas eram como casas que estão abertas para visitação, de certa forma", ele diz. "Frias e sem conforto. Eram lindamente decoradas, com excelente mobí-

Desenho conceitual da Aldeia dos Vitoriosos no Distrito 12. À esquerda: A sala de estar principal na casa das Everdeen.

lia, mas com um tipo de característica provisória, destituída de qualquer personalidade ou vida." Ele decidiu que a frente da casa onde Katniss não passa muito tempo seria bem formal e que os traços mais pessoais de sua família poderiam ser vistos apenas na cozinha, perto do fundo da casa.

"A mobília de Katniss era pintada à mão com muitos detalhes da flora e da fauna, que tão bem traduzem Katniss e seu amor pela floresta", explica Dias. "Eu brinquei um pouco com isso e fiz quase como se estivesse zombando dela: aqui estão essas lindas mobílias de madeira pintadas à mão como um lembrete constante do que você não pode ter. Na casa de Peeta, fizemos a versão masculina da casa de Katniss. E na de Haymitch, bem, é quase como se ele tivesse desmontado tudo ao longo dos anos desde sua vitória nos Jogos. É uma bagunça intoxicante e insana."

Acima: Paula Malcomson (a Sra. Everdeen) e Willow Shields (Primrose Everdeen) durante uma pausa no set de filmagens da casa das Everdeen na Aldeia dos Vitoriosos.

À Direita: Prim e a mãe preparam comida na cozinha – o cômodo mais utilizado da nova casa.

Peeta (Josh Hutcherson) e Katniss (Jennifer Lawrence) se encontram com Haymitch (Woody Harrelson) na casa dele, na Aldeia dos Vitoriosos. Uma casa mergulhada em uma desordem constante.

A MULTIDÃO SAÚDA PEETA E KATNISS DURANTE A TURNÊ DA VITÓRIA.

A TURNÊ DA VITÓRIA: OS DISTRITOS

Ao imaginar as paradas da Turnê da Vitória, Messina rapidamente percebeu que o melhor uso dos recursos seria filmar todas as paradas na mesma locação. "Era um daqueles momentos em que precisávamos mostrar bastante flexibilidade, mas não poderíamos ir a diferentes partes do estado para filmar essas cenas, principalmente porque eles aparecem numa montagem", ele revela. "Até que decidimos que essa Turnê da Vitória provavelmente aconteceria, em quase todas as paradas, em frente à prefeitura de cada distrito. Nós nos desviamos levemente disso, apenas para variar um pouco, mas basicamente filmamos todas no mesmo local. Nós filmamos uma multidão de verdade em ambientes aumentados por computador. E usamos cartazes para complementar os cenários."

Antes dos cenários dos distritos serem criados digitalmente, Messina deu instruções de como eles deveriam ser. Sua equipe criou ricas ilustrações texturizadas e conceituais do Distrito 4 (Pesca), Distrito 5 (Energia) e Distrito 8 (Têxtil). Eles criaram ainda mais detalhes no Distrito 11, já que era o lar de Rue, e a visita a esse distrito é uma parte dolorosa da Turnê da Vitória para Katniss. Messina projetou uma estação de trem e uma prefeitura para o Distrito 11, além de um vislumbre de como seria se fosse visto da janela de um trem. Essas imagens se encaixavam no contraste entre a cena bucólica e a quantidade de policiais descrita no livro: "Então vejo as torres de vigilância, situadas com a mesma distância uma da outra, recheadas de guardas armados, tão deslocadas em meio às flores silvestres em torno delas". A beleza dos campos pode fazer com que um passageiro se esqueça, por um instante, de que ele está indo direto para um distrito fortemente vigiado por policiais.

Peeta (Josh Hutcherson) e Katniss (Jennifer Lawrence) lado a lado, enquanto ela faz seu pronunciamento à multidão durante uma das paradas da Turnê da Vitória.

A presença fantasmagórica dos Pacificadores.

Enquanto os editores de arte trabalhavam na expansão do mundo de Panem, eles fizeram esse desenho conceitual do que seriam os campos do Distrito 11.

Desenho conceitual do cenário do Distrito 11, com telas que mostram Rue e Thresh, os tributos que morreram durante a 74ª edição dos Jogos Vorazes.

A TURNÊ DA VITÓRIA: O TREM

Assim como Harry Potter pegou o mesmo trem para Hogwarts em cada um dos livros e filmes, Lawrence e a equipe de criação decidiram que o trem da Capital deveria continuar basicamente do mesmo jeito. "Devemos apenas dar uns leves retoques", ressalta Messina.

Larry Dias descreve alguns deles: "Mudamos o lustre do vagão-restaurante – deixamos os cristais mais soltos para parecer um pouco mais decadente. Também mudamos as outras luminárias e a montagem da mesa, mas o vagão-restaurante ficou praticamente igual".

Entretanto, o quarto de Katniss foi modificado para refletir o clima mais sombrio do filme, com um esquema de cores metálicas mais gastas.

"E também construímos um vagão panorâmico na ponta do último vagão do trem", acrescenta Dias. "Um vagão completamente revestido com vidros em estilo *art déco*. Tem um tema metálico em prata e preto, muito bonito na verdade." Nesse vagão, Katniss e Peeta podem ver toda Panem... e toda Panem pode vê-los.

66 PARTE 3: EXPANDINDO O MUNDO DE PANEM

Uma imagem do luxuoso vagão do trem que transporta os tributos. Na página anterior: Katniss (Jennifer Lawrence) e Effie (Elizabeth Banks) no interior do trem, durante a viagem rumo à Capital.

Effie (Elizabeth Banks) acompanha Peeta (Josh Hutcherson) e Katniss (Jennifer Lawrence) à festa na mansão do Presidente Snow.
Na página seguinte: Um cuspidor de fogo esquenta o clima da festa.

A MANSÃO DO PRESIDENTE SNOW: A FESTA

Um dos mais desafiadores – e excitantes – cenários do filme seria a grande festa na sala de banquetes da mansão do Presidente Snow, no final da Turnê da Vitória. É uma comemoração bem extravagante, na qual Katniss e Peeta ficam cara a cara com o povo belo, mas espalhafatoso, da Capital.

A festa foi filmada na Swan House, uma elegante mansão clássica construída no coração de Atlanta, em 1928, por Edward e Emily Inman, os herdeiros de uma fortuna provinda do cultivo de algodão. Fica numa vizinhança agitada, afastada da rua por uma longa entrada para acesso de veículos, uma fonte com cascata, um pátio com terraço e lindos jardins artificiais. Elizabeth Banks discorre sobre a locação: "Estamos imaginando um mundo no futuro, mas nos baseando em lugares do passado. Não é difícil imaginar que um lugar como este possa ter sobrevivido, através dos séculos, a grandes mudanças".

> "A SUNTUOSIDADE DA FESTA ESTÁ NAS PESSOAS DA CAPITAL, NÃO NECESSARIAMENTE NA ARQUITETURA."
> —PHIL MESSINA—

O BANQUETE PRESIDENCIAL

O suntuoso banquete foi inspirado numa mesa que Phil Messina viu num desfile uma vez, mas elevado a décima potência. A ideia era mostrar uma fartura absurda, muito mais do que Katniss e Peeta poderiam imaginar ou assimilar. Assim como Katniss diz no livro; "A verdadeira estrela do evento é a comida... Tudo que se possa imaginar, e coisas com que ninguém jamais sonharia, estão à disposição dos convidados". Ao mesmo tempo em que há pessoas passando fome nos distritos, na Capital, as pessoas provocam vômito para que possam devorar mais e mais comida. A recompensa é atrativa, mas o ato, para Peeta e Katniss, é profundamente revoltante.

Larry Dias criou as verdadeiras mesas de bufê – uma extensão de mais de sessenta metros delas. Ele relembra: "Trabalhei com Rick Riggs, nosso pintor. Nós inventamos uma resina que podia ser pintada e fizemos um processo com laminados refletivos para que houvesse um fundo espelhado com uma solução tingida por cima que secava e se transformava num acabamento resistente. E esse acabou sendo o estilo dos tampos das mesas". Os acessórios usados para servir a comida eram importantes também. Dias explica: "Eu criei pilhas de pratos que tinham luzes LED no interior que os faziam brilhar, e eu encontrei trinta ou quarenta candelabros que foram dispostos por toda a mesa. E usamos muitas taças, objetos de vidro e de cristal para criar um ambiente verdadeiramente ostensivo". A equipe até criou rótulos para uma edição especial de champanhe que seria servida nesse banquete extravagante.

O food stylist Jack White ficou encarregado de criar o banquete. Precisava parecer que havia comida em abundância. O suficiente para alimentar um grande número de pessoas, cerca de duzentos convidados, quarenta músicos, doze Avoxes, além de cuspidores de fogo e a guarda presidencial. Precisava parecer incomum, um tipo de comida que talvez Katniss nunca tivesse visto antes, mas algo que ela (e o público) ainda quisesse comer.

White balança a cabeça maravilhado e diz: "Temos leitões assados. E algumas costelas neste prato que vieram mesmo de uma vaca. Sabe em *Os Flintstones*, quando eles trazem aquela coisa gigante e colocam no carro? Temos desses aqui também".

White pesquisou comidas de verdade que teriam um lado exótico. "Temos carambola, melões-andinos, cherimólias, abacaxis baby e muitas uvas champagne. Eu estou muito satisfeito com o resultado final."

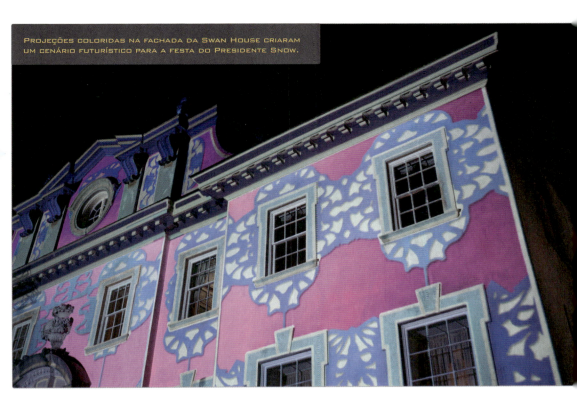

PROJEÇÕES COLORIDAS NA FACHADA DA SWAN HOUSE CRIARAM UM CENÁRIO FUTURÍSTICO PARA A FESTA DO PRESIDENTE SNOW.

Phil Messina acrescenta: "Inicialmente, a Swan House foi selecionada pelo departamento de locações como a casa da Aldeia dos Vitoriosos, mas era muito grande para isso. Depois de um tempo, eu tive a ideia de que talvez pudéssemos usar o exterior para a festa presidencial, já que o terreno dela era incrível". A equipe de criação acabou construindo um cenário, sem poupar esforços, no terreno da Swan House, além de fazer filmagens internas em diversos de seus quartos.

"Snow é um sujeito bastante tradicional, então o fato de ele ter esta casa tão elegante bem no meio de um parque, com a grande cidade a certa distância, fazia todo o sentido para nós", continua Messina. "A suntuosidade da festa está nas pessoas da Capital, não necessariamente na arquitetura. A residência de Snow é quase como a Casa Branca, com detalhes clássicos que simbolizam poder."

Embora a casa seja tradicional, Messina acabou esbarrando com uma ideia inesperada para dar um ar mais futurístico à tradicional mansão.

"Eu encontrei por acaso este artigo sobre projeções em arquitetura, em que você realmente projeta imagens de animação em 3D em estruturas arquitetônicas de todo tipo. Eu mostrei para Francis, que foi a fundo no assunto, e acabamos contratando uma empresa para fazer as projeções para nós. Dessa forma, tínhamos uma estrutura arquitetônica clássica, mas as imagens a coloriam de rosa, roxo e azul."

A equipe de *Jogos Vorazes: Em Chamas* construiu uma escadaria de pedra que levava ao centro da mansão, além de um conjunto de grandes portões.

As preparações para a festa do presidente foram ainda mais extravagantes do que qualquer coisa que se possa encontrar na Capital. Larry Dias diz: "Havia um chafariz tradicional cercado de jardins artificiais, então construímos mesas que se encaixavam entre os troncos das árvores". A equipe também construiu uma pista de dança que era iluminada por estruturas de luz especialmente desenhadas por Messina.

A MANSÃO DO PRESIDENTE SNOW: OS APOSENTOS

O interior da Swan House também foi o local das cenas do quarto privativo do Presidente Snow. A equipe de Messina retirou toda a mobília de três quartos e as substituiu por uma decoração num estilo mais compatível com a personalidade de Snow. Larry Dias descreve esse estilo como "muito clássico, meio ditatorial. Ele fica cercado por antiguidades, lustres de cristais e outros enfeites".

Por coincidência, a Swan House já tinha um tema de pássaros – no qual a equipe poderia trabalhar para *Jogos Vorazes: Em Chamas*. Se você prestar bastante atenção às pinturas do escritório de Snow, você pode encontrar um tipo de esboço vitoriano da natureza, que inclui uma descrição em latim do gênero e o nome da espécie logo abaixo. Mas não é um desenho de uma criatura que existiu no período vitoriano ou qualquer outra época: é um gaio tagarela.

E, por serem as favoritas de Snow, há buquês de rosas brancas por todo o quarto. "A rosa branca é símbolo de pureza", lembra Dias. "Exatamente o oposto do que Snow é."

O Presidente Snow faz uma refeição com sua neta. Um buquê de rosas brancas – sua flor favorita – decora a mesa.

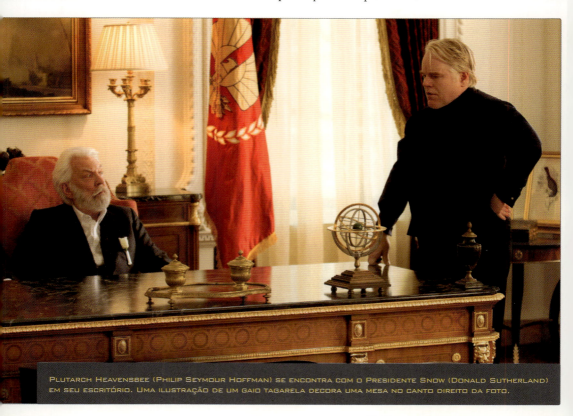

Plutarch Heavensbee (Philip Seymour Hoffman) se encontra com o Presidente Snow (Donald Sutherland) em seu escritório. Uma ilustração de um gaio tagarela decora uma mesa no canto direito da foto.

A SWAN HOUSE

Construída em 1928, a Swan House é uma das joias arquitetônicas de Atlanta. Foi encomendada por Edward e Emily Inman, um casal local proeminente e rico, e projetada pelo arquiteto norte-americano de estilo clássico Philip Trammell Shutze. Hoje, é parte central do Atlanta History Center.

A Sra. Inman possuía duas mesas com entalhes de cisnes que os historiadores acreditam ser a inspiração para o tema de cisnes espalhado pela casa, desde a entrada até o quarto de vestir.

Jessica Rast van Landuyt, a gerente da Swan House, conta: "A Sra. Inman com certeza não queria uma casa moderna. Os Inman viajaram muitas vezes por toda a Europa, visitaram todas as propriedades inglesas e casas de campo italianas e sabiam que era isso que queriam para sua casa dos sonhos".

A casa foi projetada com uma entrada exclusiva para automóveis – uma novidade naquela época – longa e elegante. A fachada da casa tem um estilo italiano grandioso, que impressiona os visitantes. Mas conforme o motorista segue pela estrada particular, ele acessa uma entrada mais privativa em estilo palladiano, derivado da arquitetura clássica greco-romana.

O filho mais jovem dos Inman acabara de sair de casa para ingressar na faculdade quando eles começaram a projetar a casa, por isso uma vida familiar não era o foco de seus planos. O andar superior da casa tem apenas quatro quartos, uma evidência de que eles não esperavam ter muitos hóspedes na casa. O andar inferior, entretanto, tem uma sequência de cômodos grandiosos projetados para entreter convidados numa escala suntuosa e generosa.

Uma festa poderia ser levada para o lado de fora da mansão, assim como acontece em *Jogos Vorazes: Em Chamas*. A Swan House fica num terreno de 3.300 m², que engloba jardins, terraços em nível, arbustos e chafarizes.

Todos da Swan House estavam animados por ter os cineastas usando a propriedade e por tornar um jardim, que já era lindo, em algo ainda mais belo.

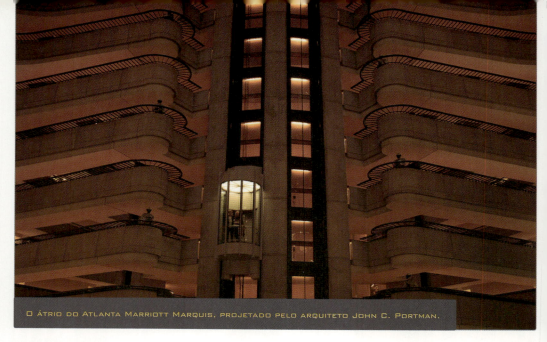

O ÁTRIO DO ATLANTA MARRIOTT MARQUIS, PROJETADO PELO ARQUITETO JOHN C. PORTMAN.

O CENTRO DE TREINAMENTO: ACOMODAÇÕES DE KATNISS

Antes das filmagens do primeiro filme de *Jogos Vorazes*, Phil Messina viu por acaso fotos do enorme saguão do hotel Marriott Marquis, em Atlanta. Sua estrutura intimidante fez com que ele percebesse imediatamente que o local seria perfeito para a

> "A ESCALA DO [MARRIOTT] É PERFEITA. A SENSAÇÃO É QUE VOCÊ ESTÁ NO ESTÔMAGO DE UM ANIMAL GIGANTE."
> —PHIL MESSINA—

Capital, mas as filmagens estavam sendo feitas na Carolina do Norte, então, por questões práticas, não poderia ser usado no primeiro filme. Quando Atlanta se tornou a base de operações de *Jogos Vorazes: Em Chamas*, ele já sabia exatamente onde seria o Centro de Treinamento – o prédio onde os tributos morariam e treinariam enquanto estivessem na Capital.

"A Capital está em constante mudança, por isso começamos a pensar como eles organizariam os Jogos atuais", ele diz. "[Massacres Quaternários] são como quaisquer grandes eventos esportivos, com certeza há um novo centro de treinamento, novos apartamentos. Tudo novo."

Quando o Marriott foi projetado, em 1985, pelo arquiteto John C. Portman, ele tinha o maior saguão do mundo, com duas câmaras verticais que davam acesso aos cinquenta e dois andares, criando uma enorme sensação de espaço. Depois do desfile, Katniss e os outros tributos usam um elevador que os leva direto para seus quartos, e é nessa cena que o saguão do Marriott é visível. "A escala do lugar é perfeita", diz Messina. "A sensação é que você está no estômago de um animal gigante, o que funciona divinamente bem para nós." Seu estilo mais sólido também se encaixa estilisticamente com os elementos do filme anterior.

Messina ainda diz: "O gerente do local me mostrou um andar vazio. O décimo pavimento do hotel, que funciona como um andar funcional. Não há quartos nele. É um espaço aberto com janelas; foi nesse momento que foi surgindo à ideia de transformar o lugar no apartamento de Katniss,

Desenho conceitual, um aerodeslizador pousa sobre o telhado do Centro de Treinamento na Capital.

com uma vista de verdade nas janelas. Então o construímos no décimo andar de um hotel em pleno funcionamento".

Francis Lawrence adorou toda a ideia. "Você consegue captar um pouco da profundidade e extensão do próprio Marriott", ele explica, "dessa forma, você não tem a sensação de estar preso a um set de filmagens, que pode ser num palco, ou mesmo usar um fundo verde. Há movimentação de Pacificadores e dos elevadores indo para cima e para baixo ao fundo, e mesmo que o foco não seja tão nítido, você sente que está num local que é real."

Larry Dias montou o cenário para se parecer com um lugar onde Katniss poderia morar. "No último filme, o apartamento era colorido e tinha o estilo mais inovador", ele diz. "Desta vez, tiramos um pouco disso e trabalhamos com tons metálicos e mais suaves. Eu encontrei um sofá modular em cascata com uma característica bem topográfica, algo interessante, pois imitava a estrutura da Cornucópia. Então, acima desse sofá, penduramos um quadro com uma imagem de cubos em quatro dimensões numa tela metálica, remanescente da cúpula que é descoberta no final do filme."

A equipe de Messina até projetou uma área de aterrissagem para aerodeslizadores no telhado do Centro de Treinamento. Eles trabalharam na ideia usando esboços e desenhos, depois a criaram por meio de efeitos visuais. Na cena, o público poderá ver em segundo plano essa área na cobertura do Marriott em Atlanta, cercado por outros prédios imponentes projetados pelo mesmo arquiteto.

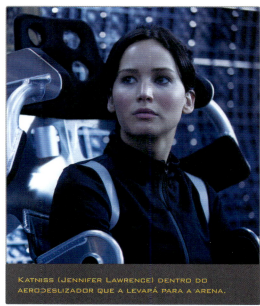

Katniss (Jennifer Lawrence) dentro do aerodeslizador que a levará para a 'arena'.

GUIA OFICIAL DO FILME

Peeta (Josh Hutcherson) e Katniss (Jennifer Lawrence) em seus aposentos do Centro de Treinamento.

Peeta (Josh Hutcherson) e Katniss (Jennifer Lawrence) durante o treinamento para a 75ª edição dos Jogos Vorazes.

O CENTRO DE TREINAMENTO: O GINÁSIO

O ginásio do Centro de Treinamento dos tributos não foi filmado no Marriott e sim no Georgia World Congress Center, que fica próximo ao hotel. Assim como o Centro de Treinamento do primeiro filme, era o local onde os tributos refinariam as habilidades necessárias para a arena, desde dominar o uso de armas a aprender instruções básicas de sobrevivência na selva. Desta vez, entretanto, o local passava uma sensação diferente. "O Centro de Treinamento não tem mais aquele aspecto inocente da primeira vez. Na edição anterior dos Jogos, havia um bando de crianças para treinar. Agora, todos os competidores são assassinos experientes. Os duros de matar estão de volta à arena, por isso, um mero local de treinamento já não basta."

Enobaria (Meta Golding) brande uma espada durante uma sessão no Centro de Treinamento.

GUIA OFICIAL DO FILME

Equipe de filmagem posicionada para a cena em que Jennifer Lawrence atira uma flecha.

Jennifer Lawrence e Francis Lawrence no set de filmagens do Distrito 12.

> "As demandas dessa produção foram bem amplas e complexas. Num dia, estávamos com cinco personagens em águas a uma temperatura de 4°C, fazendo com que uma ilha de rocha vulcânica girasse; no dia seguinte, numa praça da cidade com quinhentos figurantes; em outro, queimando uma construção inteira; depois colocando vagões de trens para atravessar uma floresta. O mais legal de tudo é que as partes complexas estavam lá a serviço de uma história realmente tocante e poderosa."
> — Francis Lawrence —

NAS LOCAÇÕES

As filmagens em Atlanta tiveram alguns problemas ocasionais, como a poluição sonora típica de uma cidade grande. "A impressão que tínhamos é que sempre havia trens e metrôs passando do nosso lado", Francis Lawrence recorda, "então, constantemente, ficávamos nos esquivando e fugindo do barulho. Ficava um pouco complicado quando os atores estavam no meio de um discurso na Turnê da Vitória ou algo do tipo." No geral, entretanto, Atlanta foi um local perfeito para filmar as cenas dos distritos e da Capital. No total, a equipe ficou cinquenta e seis dias nas locações da Geórgia.

Uma vez encerradas, era hora de ir para uma nova sequência de cenas – as da arena.

Woody Harrelson (Haymitch) se prepara para filmar uma cena com Patrick St. Esprit, ator que interpreta o novo Chefe dos Pacificadores do Distrito 12, Romulus Thread.

GUIA OFICIAL DO FILME 83

PARTE 4
O PROJETO DA ARENA

Desenho conceitual mostrando a visão aérea da arena com a Cornucópia na ilha bem no centro.

"O solo está brilhante demais e continua ondulando. Estreito os olhos em direção aos meus pés e vejo que meu prato de metal está cercado por ondas azuis que sobem por cima de minhas botas. Lentamente, levanto os olhos e consigo distinguir a água se espalhando por todas as direções... Esse não é um lugar para uma garota em chamas."

— EM CHAMAS —

KATNISS (JENNIFER LAWRENCE) NA ARENA.

A ARENA

Quando Katniss Everdeen emerge na arena, ela fica brevemente desorientada, então analisa o espaço ao redor para entender um pouco com o que terá de lidar: há a Cornucópia, localizada numa pequena ilha. Em volta, há água salgada, turquesa e brilhante sob o sol. Linhas finas de terra irradiam-se da ilha como os raios de uma roda. Entre cada raio, há dois tributos, cada qual equilibrado em pequenas plataformas de metal. E em volta de tudo isso, além da água, há uma praia estreita e depois uma densa área verde.

"A própria arena representa um grande papel na história. Mais importante até do que alguns dos outros tributos", afirma Francis Lawrence. "É um espaço muito mais interativo e estilizado. Os tributos entram na arena por meio de elevadores que os deixam bem no meio da água, então, logo no início dos Jogos, eles têm de mergulhar, nadar e escalar atravessando algumas pedras vulcânicas. Essa arena é muito mais desafiadora que a anterior, e os Idealizadores dos Jogos projetaram muitos segredos dentro dela."

Perto das filmagens das cenas da arena, a equipe de *Jogos Vorazes: Em Chamas* decidiu que elas precisariam ser rodadas em dois lugares. A luta inicial na Cornucópia poderia ser rodada em Atlanta, mas o resto seria no Havaí, um local que conseguia passar a sensação tropical da arena por completo.

ATLANTA: A CORNUCÓPIA

Entretanto, mesmo antes das locações serem escolhidas, a Cornucópia tinha de ser projetada. O diretor de arte Phil Messina tinha uma escolha importante a fazer: usar ou não a mesma Cornucópia do filme anterior. "Foram muitas discussões com Francis para decidir se a Cornucópia deveria parecer com a do primeiro filme, ou se deveria ser algo que mudasse junto com a arena", Messina diz. "Finalmente, fizemos esta pergunta: 'O que os Idealizadores dos Jogos fariam?' Já que a Capital é um tipo de sociedade descartável, na qual o novo é sempre melhor, decidimos tentar algo diferente."

Mas fazer essa escolha foi apenas o primeiro passo. Já que a estrutura não iria se parecer com a anterior, como seria a Cornucópia? O instinto de Messina dizia que poderia ser menos parecida com o tipo de cornucópia que normalmente aparece numa mesa de Ação de Graças. Desta vez, ele poderia fazer algo mais abstrato.

"Eu fiz inúmeros esboços e ilustrações" conta Messina. "Você precisava ter visto o que joguei fora! Uma das principais inspirações, no entanto, foi um livro que Bryan Unkeless me deu, sobre monumentos soviéticos. Eles são feitos de concreto e muitos são deixados no meio de paisagens, sujeitos à degradação do tempo. Tinha um que estava quase em pedaços e chamou minha atenção imediatamente; parecia se encaixar com perfeição no que pretendíamos fazer. Para finalizar, eu observei peças de outro artista, Anish Kapoor,

A NOVA CORNUCÓPIA, EM CIMA DE UMA ILHA ROCHOSA, CONFORME O DESENHO CONCEITUAL.

que faz umas esculturas metálicas reflexivas muito legais. As obras dele parecem coisa de outro mundo, meio que invertem nossa noção de espaço. Esse trabalho me deu a ideia de cromar esta Cornucópia e fazer dela algo parecido com um objeto que tivesse caído do céu e colidido com uma rocha. Espero que seja possível sentir o movimento da estrutura... mesmo antes dela começar a girar."

No livro, a Cornucópia fica numa ilha de areia, mas Francis Lawrence e Phil Messina tiveram a ideia de colocá-la sobre uma ilha rochosa que daria uma impressão severa e agourenta, não algo pacífico com ondas quebrando suavemente na areia. "Nós decidimos tornar a ilha um símbolo claro do que os tributos enfrentariam", explica Messina. "Algo ameaçador e desafiador."

> "ESPERO QUE SEJA POSSÍVEL SENTIR O MOVIMENTO DA ESTRUTURA... MESMO ANTES DELA COMEÇAR A GIRAR."
> — PHIL MESSINA —

Dois monumentos soviéticos abandonados que serviram de inspiração para a Cornucópia.

No início, eles discutiram a possibilidade de colocá-la num tanque de água para as filmagens. Seria simples criar a água em volta com efeitos visuais na pós-produção. Entretanto, era importante para Francis Lawrence que as filmagens fossem "práticas", na medida do possível, isto é, num cenário real. E, com um pouco de sorte, a locação perfeita apareceu.

"Nosso gerente de locações encontrou este parque que foi construído para as Olimpíadas de 1996", diz Messina, em referência ao Clayton County International Park. "É um grande corpo de água circular que é artificial. Isso aconteceu bem perto do final do verão – no Dia do Trabalho –, então o locamos, drenamos, construímos nossa ilha bem no meio, construímos nosso cenário e

A EQUIPE CRIOU A CORNUCÓPIA NUM LAGO ARTIFICIAL NO CLAYTON COUNTY INTERNATIONAL PARK. AQUI, VOCÊ PODE VER A CORNUCÓPIA NO CENTRO DA ILHA, COM ALGUNS DOS RAIOS E PEDESTAIS.

> "TIQUE-TAQUE, A ARENA É UM RELÓGIO."
> —EM CHAMAS—

o enchemos de novo." Eles também construíram alguns dos raios que separam as diferentes seções da arena e alguns pedestais para erguerem os vitoriosos no início do Massacre Quaternário.

Uma das características da Cornucópia é que os Idealizadores dos Jogos fazem girar a ilha onde ela se localiza, desorientando qualquer tributo que estiver nela. Para criar esse efeito no filme, a equipe

> "QUANDO EU ESTAVA ESCREVENDO O LIVRO, NEM IMAGINAVA QUE AQUELA INVENÇÃO DE GIRAR OS TRIBUTOS NA CONURCÓPIA ME DARIA A OPORTUNIDADE DE UM DIA ASSISTIR A UM GRUPO DE ATORES, TODOS MOLHADOS E TREMENDO, SENDO GIRADOS VÁRIAS VEZES NUM GRANDE DISCO ENQUANTO DAVAM TUDO DE SI EM SUAS ATUAÇÕES... O RESULTADO FINAL FICOU FANTÁSTICO."
> — SUZANNE COLLINS —

posicionou a Cornucópia num disco, igual a um carrossel. O coordenador de efeitos especiais, Steve Cremin, explica: "Ele precisava girar numa velocidade que gerasse força centrífuga suficiente para que as pessoas não conseguissem se segurar direito, mas ainda deveria ser seguro o suficiente para o nosso elenco". Filmar esse efeito com os atores, em vez de criá-lo por meio de efeitos especiais, deu uma intensidade extra à cena.

Suzanne Collins estava presente no set no dia em que essa cena foi filmada. "Quando eu estava escrevendo o livro, nem imaginava que aquela invenção de girar os tributos na Cornucópia me daria a oportunidade de um dia assistir a um grupo de atores, todos molhados e tremendo, sendo girados várias vezes num grande disco enquanto davam tudo de si em suas atuações. Eu me senti um pouco culpada. E tonta. E muito grata por serem tão aptos e talentosos. O resultado final ficou fantástico."

Com o término das filmagens em Atlanta, todos se prepararam para trocar de locação. Foi uma pausa bem-vinda, já que o inverno havia começado na Geórgia. A equipe de *Jogos Vorazes: Em Chamas* partiu feliz e sorridente rumo ao Havaí para filmar o restante das cenas do Massacre Quaternário.

Peeta (Josh Hutcherson) se agarra na ilha rochosa quando ela começa a girar.

Jennifer Lawrence recebe orientações da equipe antes da cena em que a ilha que sustenta a Cornucópia começa a girar com rapidez. Mais um atentado da arena contra a vida dos tributos.

Nos momentos iniciais da 75ª Edição dos Jogos Vorazes, Katniss (Jennifer Lawrence) mira sua flecha em Finnick Odair (Sam Claflin).

HAVAÍ: A SELVA

Mesmo com toda a variedade de cenários urbanos e rurais que Atlanta oferecia, Francis Lawrence sabia que era preciso algo diferente para a arena. O local perfeito acabou sendo o Havaí, onde ele tinha acesso a um ambiente totalmente selvagem, mas ao mesmo tempo muito seguro.

A produtora Nina Jacobson diz: "Para que a ação na arena fosse realista, precisávamos de uma floresta tropical de verdade. Queríamos folhas grandes – a aparência exótica. Nenhum outro lugar

Finnick (Sam Claflin), Peeta (Josh Hutcherson) e Katniss (Jennifer Lawrence) fazem uma análise dos obstáculos da arena.

se comparava ao Havaí na hora de oferecer a justaposição de floresta bem próxima de uma praia. Por isso aproveitamos aquela incrível geografia".

"Há uma grande variedade de terrenos aqui, por isso podemos ter tipos diferentes de ambientes dentro da própria selva para filmarmos", Francis Lawrence explica. Das praias maravilhosas às exuberantes copas das florestas tropicais, o Havaí nos proporcionou a arena ideal. Para aproveitar ainda mais as vantagens desse cenário incrível, a equipe decidiu usar um tipo de câmera especial para transportar a arena para as telas.

O diretor Francis Lawrence e a produtora Nina Jacobson no set de filmagens em Atlanta.

"Para que a ação na arena fosse realista, precisávamos de uma floresta tropical de verdade. Queríamos folhas grandes – a aparência exótica. Nenhum outro lugar se comparava ao Havaí na hora de oferecer a justaposição de floresta bem próxima de uma praia. Por isso aproveitamos aquela incrível geografia."

—Nina Jacobson—

Peeta (Josh Hutcherson) e Katniss (Jennifer Lawrence) durante um momento de intimidade na arena.

OS DESAFIOS DA ARENA

No total, o elenco e a equipe ficaram seis semanas no Havaí, recriando os terríveis desafios que os vitoriosos enfrentam na arena durante o Massacre Quaternário. "Na primeira semana, filmamos na praia, o que foi muito bom", conta o diretor. "Em alguns momentos, a maré ficava mais alta do que prevíamos e a água levava parte de nosso set embora, mas sempre conseguíamos dar um jeito de pescar tudo de volta."

Filmar na selva foi mais complicado. Lawrence continua: "Os dias ficam mais curtos por estarmos debaixo das copas das árvores e dentro das ravinas. Sem contar que estávamos filmando essas cenas com as nossas câmeras IMAX, que são câmeras bem gran-

A EQUIPE DE FILMAGENS SE PREPARA PARA UMA CENA AO PÔR DO SOL EM OAHU.

dalhonas. Atrapalhava bastante na hora de ficar em cima das pedras escorregadias ou de andar pela selva".

As cenas na arena inevitavelmente precisariam ser finalizadas com efeitos visuais na pós-produção, depois que as filmagens terminaram. Ainda assim, Lawrence e sua equipe fizeram o máximo possível para garantir autenticidade e criar o impacto emocional no momento das filmagens.

"Para mim, as cenas de ação são definidas por um valor emocional, mesmo que essa não seja a primeira coisa que vem à mente quando se pensa numa cena de ação", confidencia Lawrence. "Cada uma deve parecer diferente, experimental. Há elementos da história que vão se revelando em cada uma, orientando a sequência do enredo. E há momentos que definem os personagens, o que é maravilhoso porque você consegue perceber um pouco do crescimento do personagem em cada cena, a gradual mudança nos relacionamentos."

Um dos primeiros obstáculos "naturais" que os tributos enfrentam na arena é uma furiosa tempestade de raios. Erik Feig se recorda: "A tempestade de raios é construída em torno de uma linda figueira-de-bengala de verdade, uma belíssima árvore que aparentemente está ali desde sempre. Na verdade, aquela árvore foi uma das principais razões da escolha da locação. Os raios são efeitos de computação gráfica, mas todo o restante da cena, até mesmo as explosões, foi filmado".

> "A TEMPESTADE DE RAIOS É CONSTRUÍDA EM TORNO DE UMA LINDA FIGUEIRA-DE-BENGALA DE VERDADE... OS RAIOS SÃO EFEITOS DE COMPUTAÇÃO GRÁFICA, MAS TODO O RESTANTE DA CENA, ATÉ MESMO AS EXPLOSÕES, FOI FILMADO"
> — ERIK FEIG —

Nesse momento, os personagens estão em estado de choque, ainda não estão acostumados com a arena. Conforme outros obstáculos aparecem, no entanto, os vitoriosos começam a tentar entender o que está em volta deles. A confiança de cada um aumenta à medida que passam a identificar com o que estão lidando. As alianças entre os personagens evoluem e se modificam.

Logo depois da tempestade de raios, uma chuva vermelha torrencial cai sobre os tributos. Essa sequência foi filmada numa praia do Havaí, com Johanna, Beetee e Wiress correndo pela areia em pânico, cobertos de sangue criado pelos maquiadores da equipe. Os espectadores não viram a chuva cair, mas sim seu efeito: confusão.

ERIK FEIG, PRESIDENTE DE PRODUÇÃO DO LIONSGATE MOTION PICTURE GROUP, E JOSH HUTCHERSON (PEETA) NO SET DE FILMAGENS NO HAVAÍ.

Katniss (Jennifer Lawrence) e, ao fundo, a árvore figueira-de-bengala, praticamente uma atriz convidada do filme.

Depois, os vitoriosos são perseguidos por uma névoa espiralada que é um gás venenoso, que provoca ferimentos asquerosos e dolorosos na pele. Para a sequência, a maquiadora Ve Neill criou bolhas inflamadas bem realísticas. Os atores fizeram a cena em meio a uma névoa cenográfica e depois foi adicionada mais névoa digitalmente na pós-produção. Para o diretor Francis Lawrence, a mensagem emocional da cena é sobre sacrifício e perda, além da adrenalina de tentar fugir de um inimigo contra o qual não se pode lutar.

"Depois tem uma cena com uns macacos realmente perversos e agressivos na selva que foram inspirados em um primata de grande porte chamado dril", revela Lawrence. "A espécie é bem perigosa e agressiva, entretanto. Não é do tipo que se treina, logo, não havia nenhum modo de usar macacos de verdade para lutar com nossos personagens.

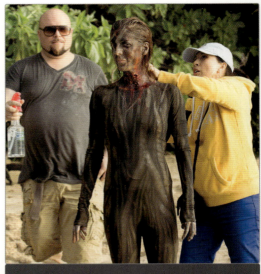

Um dos principais cabeleireiros da equipe, Joe Matke, e a chefe da equipe de cabeleireiros, Linda Flowers, com a a tributo feminina do Distrito 6 (Megan Hayes).

Johanna (Jena Malone) depois da chuva de sangue.

Katniss (Jennifer Lawrence) e Peeta (Josh Hutcherson) submergem Finnick (Sam Claflin) na água para desintoxicá-lo depois de ter sido exposto à névoa venenosa.

Katniss (Jennifer Lawrence) e Finnick (Sam Claflin) antes do ataque dos macacos.

Então encontramos um local de verdade na floresta e colocamos nossos atores para lutar com coisas que não estavam realmente lá. Nós tentamos fazer com que parecesse o mais real possível usando dublês para lutar e correr com os atores durante as cenas; os animais foram adicionados posteriormente na pós-produção. Já que baseamos nossas criaturas em animais reais, entretanto, nós tínhamos toda uma lista de comportamentos a seguir. Não é totalmente inventado, e acredito que tudo se junta para criar uma cena bem realista." Acima de tudo, o encontro com os macacos semeia o medo entre os tributos.

Quando eles veem o tsunami à distância, Katniss e seus aliados ficam num estado de assombro. Sobre a cena, o diretor diz: "O tsunami acontece

> "Os gaios tagarelas são uma invenção ainda mais perversa da Capital que representa um tipo diferente de terror. A ameaça é psicológica. A Capital realmente mexe com sua mente e tortura você."
> —Francis Lawrence—

110 Parte 3: O projeto da arena

num local diferente do que eles estão, então é algo que eles testemunham de longe. É algo bem espetacular em termos de som e tamanho, descendo através da selva e para a lagoa, e colidindo contra a Cornucópia. É um dos momentos que ajuda os personagens a entenderem o que está acontecendo na arena".

E um dos momentos finais de terror na arena é a descoberta de um bando de gaios tagarelas na selva, imitando as vozes das pessoas que os tributos deixaram em casa. "A cena do gaio tagarela é diferente das outras, não é tão visceral", diz Lawrence. "As outras cena são tão cheias de ação... Por exemplo: a névoa, que praticamente persegue os tributos, pode queimar violentamente a pele; tem os violentos macacos, que podem realmente matá-los. Mas os gaios tagarelas são uma invenção ainda mais perversa da Capital que representa um tipo diferente de terror. A ameaça é psicológica. A Capital realmente mexe com sua mente e tortura você. Nós precisávamos fazer essa cena emocionalmente insuportável para os personagens."

Depois de quase seis semanas, o elenco e parte da equipe deixaram os trópicos e retornaram para casa, enquanto Lawrence e o restante da equipe seguiram para a sala de edição a fim de trabalhar na pós-produção e na finalização do filme. Era hora de fazer cada momento capturado brilhar.

O DIRETOR FRANCIS LAWRENCE CONVERSA COM O OPERADOR DE STEADICAM, DAVID THOMPSON, QUE TEM UMA CÂMERA IMAX ACOPLADA AO CORPO.

A VIDA NO SET DE FILMAGEM

Quando o elenco se reuniu pela primeira vez para as filmagens em Atlanta, foi como um grande reencontro para muitos dos atores. "Quando eu cheguei lá, todo mundo ficou assustado porque eu estava bem mais alta", brinca Willow Shields, a atriz que interpreta Primrose Everdeen. "Eles nem me reconheceram!"

Quase de imediato, uma conexão verdadeira se formou entre os membros do elenco. Muitos estavam hospedados no mesmo hotel em Atlanta, ficando mais fácil para interagir e passar alguns momentos de lazer juntos. Algumas das estrelas tiveram a chance de relaxar numa visita ao Georgia Aquarium, um dos maiores aquários do mundo. Mais uma vez, Josh Hutcherson fez questão de que houvesse uma cesta de basquete por perto para que eles pudessem se distrair quando não estivessem filmando.

Assim como no filme, os tributos ficaram bem próximos. Eles foram se conhecendo durante o treinamento e quase todos estavam na maioria das cenas — então seus horários normalmente eram os mesmos também. Eles aproveitaram que estavam em Atlanta e foram à estreia do espetáculo TOTEM, do Cirque du Soleil.

Porém, foi diferente das filmagens de *Jogos Vorazes* porque o primeiro filme tinha um elenco bem jovem e o atual é formado de tributos de todas as idades. Um dos benefícios de se ter um elenco diversificado era que foram criadas várias oportunidades para os atores mais experientes orientarem os mais jovens e para os mais novos se beneficiarem da vivência dos mais velhos.

Sam Claflin (Finnick) e Lynn Cohen (Mags) criaram um laço particularmente forte que se formou por causa do relacionamento entre seus personagens. Mags se oferece como tributo para o Massacre Quaternário quando Annie, o verdadeiro amor de Finnick, é escolhida. Mags conhece Finnick bem o suficiente para entender que Annie significa tudo para ele. Ele talvez não se importe com a própria vida, mas ele quer que Annie sobreviva a qualquer custo. Mags vai para os Jogos com poucas esperanças de retornar, mas Finnick faz tudo que pode para cuidar dela na arena como forma de retribuição pelo nobre gesto dela. "Eu meio que sinto que tenho essa relação com Lynn agora. Eu faria qualquer coisa por ela. Até carregá-la montanha acima...", revela Claflin.

Muitos dos atores ficaram em estado contemplativo quando Philip Seymour Hoffman chegou para as filmagens. Josh Hutcherson não poupou elogios: "Só de ficar olhando para ele já era igual a ter uma aula de atuação".

Filmar em Atlanta, em novembro, logo após o furacão Sandy varrer a Costa Leste, criou algumas circunstâncias inesperadas. Atlanta foi poupada, mas as temperaturas despencaram. Para se manterem aquecidos, os atores ficavam de casaco até o último segundo possível e havia aquecedores por toda parte durante as filmagens. Jacuzzis infláveis cheias de água quente ficavam à disposição do elenco para quando eles estivessem nos intervalos entre as filmagens das cenas da Cornucópia.

A experiência no Havaí foi completamente diferente. Enquanto em Atlanta as filmagens noturnas da festa da Capital terminavam nas primeiras horas da manhã seguinte, no Havaí, as filmagens eram encerradas ao pôr do sol às sete horas. Lá, o elenco estava numa parte mais remota da selva. Eles ficaram em trailers, filmando sempre que podiam e fazendo muitas pausas forçadas, enquanto esperavam as chuvas inesperadas passarem.

Em todas as locações, o elenco e a equipe se sentiram bem amparados com a direção de Lawrence. O produtor Jon Kilik destaca alguns pontos fortes do diretor: "Ele tem uma imaginação incrível, é impressionante na hora de escolher o quê capturar das cenas, tem uma visão sem igual e é fantástico com os atores".

A autora Suzanne Collins observou o trabalho dele e amou o que viu. "Francis é um diretor maravilhoso. Não é apenas sua maneira maravilhosa de explorar o mundo da Panem ou tornar viva a rebelião que se aproxima, ou nos introduzir na estonteante e sinistra arena. Para mim, seu maior feito foi o impacto das sequências emocionais e dramáticas de Katniss que ele trouxe para a tela. Com toda a riqueza visual e ação dinâmica, a jornada dela é o coração pulsante do filme."

Sob a direção de Lawrence, os dias passaram voando.

IMAX

O diretor Francis Lawrence decidiu mostrar as cenas na arena – do momento em que Katniss sobe pelo elevador até o momento em que os Jogos terminam – em IMAX, e muitas das cenas foram filmadas usando o filme IMAX. A intenção era retratar a experiência de estar de fato na arena, com os nervos à flor da pele e o medo constante. Quando Katniss é elevada até a arena, ela se vê diante de um mundo com claridade intensa e muitos detalhes – quase como se Dorothy chegasse a uma terra de Oz invertida.

A produtora Nina Jacobson justifica a escolha: "A imaginação de Suzanne Collins precisa de uma tela à altura, por isso resolvemos tirar vantagem da maior tela de cinema do momento. É o casamento perfeito entre mídia e mensagem".

IMAX significa Image Maximus ou imagem máxima. A maioria dos filmes é rodada em 35 mm,

Uma combinação de câmeras IMAX portáteis e em tripé é usada para criar essa imagem de Katniss (Jennifer Lawrence) na arena.

no qual a imagem é comprimida num pequeno fragmento quadrado e depois expandida por um projetor para ficar do tamanho da tela de cinema. O tamanho do fragmento é bem maior num filme IMAX – 70 mm de largura –, o que oferece o dobro da qualidade da resolução. Esse tamanho proporciona um filme IMAX exponencialmente mais nítido do que um filme rodado em 35 mm. "Você vê cada detalhe", diz o produtor Jon Kilik. "E se você assiste ao filme num cinema IMAX, você vê tudo numa tela de trinta metros de altura."

O formato permitiria filmar cenários mais amplos e fazer close-ups extremos. E diferentemente dos filmes comuns, com o fragmento quadrado, o filme IMAX tem espaço vertical maior. Dessa forma, seria o formato perfeito para exibir a grande altura das árvores ao redor de Katniss na floresta tropical.

Em *Jogos Vorazes: Em Chamas*, o formato do filme se expandiria assim que os personagens entrassem na arena, proporcionando mais detalhes e uma imersão completa na cena. E também, como explica a produtora Jacobson, IMAX seria perfeito para filmar as cenas de ação da arena, em vez das cenas que foram mais focadas nos personagens da primeira metade do filme.

O filme IMAX exige um cenário estonteante e cheio de detalhes. O técnico de IMAX Doug Lavender explica: "Normalmente, você precisaria fazer um trabalho árduo de decoração para deixar tudo com muitos detalhes, cores fortes e texturas interessantes – requisitos para filmar no formato IMAX. A floresta tropical havaiana, bem próxima da cidade, é um cenário pronto, feito pela natureza. É fantástica, pois é cheia de detalhes e vida naturalmente".

OS RESPONSÁVEIS PELOS DADOS DE EFEITOS VISUAIS (VFX DATA WRANGLERS) COLETAM OS PONTOS DE REFERÊNCIA DE LUZ PARA FILMAR COM A CÂMERA IMAX SUSPENSA POR CABOS.

A equipe usou cabos com trilhos para deixar as câmeras IMAX suspensas na floresta, a fim de filmar as cenas dramáticas de combate, além de também filmar com um conjunto de gruas e câmeras portáteis. "São poucos os diretores que já usaram câmeras IMAX portáteis", revela Doug Lavender.

Francis Lawrence diz que, como diretor, ele sempre imagina a experiência que o público terá no cinema. "Quanto mais imersiva a experiência, melhor", observa ele. "Por isso, poder usar o IMAX para abrir esse mundo de uma maneira grandiosa, quando os personagens estão mergulhando num lugar novo, é algo que me deixa muito entusiasmado."

> "PODER USAR O IMAX PARA ABRIR ESSE MUNDO DE UMA MANEIRA GRANDIOSA... É ALGO QUE ME DEIXA MUITO ENTUSIASMADO."
> — FRANCIS LAWRENCE —

PARTE 5
FIGURINO E CARACTERIZAÇÃO

O VISUAL DE JOGOS VORAZES: EM CHAMAS

A figurinista Trish Summerville, que trazia no currículo o elogiado figurino do filme *Os homens que não amavam as mulheres*, e Francis Lawrence já se conheciam dos tempos em que trabalhavam juntos em videoclipes. Assim que Trish entrou para a equipe de *Jogos Vorazes: Em Chamas*, ela e Lawrence se reuniram para desenvolver o vestuário dos personagens.

"Francis e eu discutimos sobre tornar o visual levemente mais sombrio, um pouco mais elegante, um pouco mais ousado", lembra Trish. "Não queríamos uma coisa cômica, mas era importante que mantivesse aquele senso estranho e perverso da Capital." Para as cenas que mostrassem a vida na Capital, Trish achou que era importante mostrar uma variedade de imagens. "A moda muda constantemente na Capital e eu percebi que poderíamos ter estilos bem variados nas pessoas de lá. Eu não queria que todos parecessem ter comprado suas roupas na mesma loja, mas sim mostrar diferentes tendências e subculturas." Até os personagens que não moravam na Capital seriam influenciados por esses caprichos, já que as roupas dos vitoriosos eram desenhadas na Capital.

Por fim, Trish usou uma combinação do trabalho de outros estilistas com o seu próprio para criar roupas para todos os personagens do filme. A maquiadora do primeiro filme Ve Neill e a cabeleireira Linda Flowers complementariam o figurino com suas especialidades. Para Ve, trabalhar na franquia é estimulante. "Este filme é o sonho

Os residentes da Capital, vestidos seguindo a última moda em Panem, reúnem-se para a festa do Presidente. Na página anterior: Caesar Flickerman (Stanley Tucci) entrevista Beetee (Jeffrey Wright), do Distrito 3.

de consumo de todo maquiador! Você tem tudo aqui, de maquiagem para alta-costura à maquiagem de efeitos especiais. Temos sangue, fantasias, Effie, que é praticamente um mundo à parte e um deleite para qualquer profissional que se preze. Temos personagens de todos os distritos... Posso continuar para sempre aqui."

A inspiração veio de desfiles, revistas, sites, outros filmes e dos próprios livros da série *Jogos Vorazes*. Devagar, mas com confiança, novos estilos começaram a se formar.

> "FRANCIS E EU DISCUTIMOS SOBRE TORNAR O VISUAL LEVEMENTE MAIS SOMBRIO, UM POUCO MAIS ELEGANTE, UM POUCO MAIS OUSADO."
> —TRISH SUMMERVILLE—

Katniss (Jennifer Lawrence) usa roupas mais simples quando está em casa no Distrito 12.

KATNISS EVERDEEN

Em *Jogos Vorazes: Em Chamas*, Katniss já tem experiência suficiente para saber que há um significado no modo como se veste, que ela pode se comunicar por meio de suas roupas. O desafio de Trish era mostrar logo de cara que os Jogos mudaram Katniss, que ela não é mais aquela garota inocente de antes, embora essencialmente ainda seja a mesma pessoa por dentro.

Do ponto de vista de Trish, Katniss tem o cuidado de adequar sua aparência ao local em que está. Quando está em casa, por exemplo, ela se veste mais ou menos do mesmo jeito de sempre. "Nós optamos por manter a peça de roupa icônica, sua jaqueta de caça", diz. "Nós a envelhecemos um pouco mais, pois já se passaram seis meses. Mas queríamos manter a verdadeira Katniss viva, mesmo sendo uma vitoriosa agora, com dinheiro e uma casa na Aldeia dos Vitoriosos. Ela jamais se vestiria de forma extravagante perto das pessoas de seu distrito."

Quando ela embarca para a Turnê da Vitória, entretanto, suas roupas se tornam imediatamente um pouco mais elaboradas. Katniss permite que a Capital influencie sua forma de vestir, sem, no entanto, cruzar a linha da extravagância completa. Trish analisa: "Nós vemos Katniss ir do Distrito 12, onde se encaixa, para a Capital, onde não se encaixa. Ela está numa jornada e podemos ver isso em suas roupas também".

Enquanto Katniss está na Capital, alguns temas foram trabalhados simultaneamente em suas roupas e penteados. Trish incorporou fogo e penas em muitas de seus figurinos, por exemplo, já que ela é a "garota em chamas", além de ter o tordo como

AS ROUPAS DA TURNÊ DA VITÓRIA PARA OS VITORIOSOS DO DISTRITO 12, PEETA (JOSH HUTCHERSON) E KATNISS (JENNIFER LAWRENCE), ESTÃO NA MODA SEM SEREM EXTRAVAGANTES.

um tipo de emblema. "No vestido para a festa, incorporamos chamas e penas, em tons vermelhos e pretos", ela explica. "E para o vestido do Tordo, encontrei imagens de um tipo de pavão que tem penas azuis iridescentes. Com um de nossos desenhistas, compilei todas essas fotos para definir um padrão e depois incorporei esse padrão às roupas."

Na verdade, as roupas que de Katniss ajudavam Jennifer Lawrence a incorporar a personagem a cada dia. "O figurino é muito importante para um ator", ressalta. "Eu entendo perfeitamente a frustração de usar roupas cuja finalidade você não consegue compreender e a inquietação que é não estar acostumada a sentir seu corpo de determinada maneira. Algumas das roupas da Capital são tão desconexas que colocam Katniss numa posição desconfortável, com a sensação de que não tem controle sobre o próprio corpo."

A trança de Katniss remete ao seu visual original, de acordo com a cabeleireira Linda Flowers, mas ela usa algo diferente em *Jogos Vorazes: Em Chamas*.

> "O FIGURINO É MUITO IMPORTANTE PARA UM ATOR... ALGUMAS DAS ROUPAS DA CAPITAL SÃO TÃO DESCONEXAS QUE COLOCAM KATNISS NUMA POSIÇÃO DESCONFORTÁVEL, COM A SENSAÇÃO DE QUE NÃO TEM CONTROLE SOBRE O PRÓPRIO CORPO."
> —JENNIFER LAWRENCE—

GALE HAWTHORNE

A figurinista Trish Summerville afirma que nos distritos tudo é funcional, sem relação com a moda. "Eu quis deixar as cores das roupas de Gale bem contidas. Quando ele está com Katniss, ele está um pouco mais arrumado, tentando causar uma boa impressão. Eu queria que ele tivesse uma aparência mais suave nessas cenas. Entretanto, para as cenas das minas de carvão, eu tentei ser mais realista."

Katniss Everdeen (Jennifer Lawrence).

"A trança é para caçar, mas você a vê se distanciar um pouco disso aqui. Ela começa a usar diferentes tipos de tranças, como tranças de quatro mechas e tranças de espinha de peixe. Tem um pouco de tranças para todo lado. É uma maneira de Katniss desafiar a Capital, continuando a usar suas tranças."

Do mesmo modo, sua maquiagem evoluiu. No primeiro filme, Katniss quase não usa maquiagem, mas agora ela está mais madura. "Há algumas cenas nas quais ela está totalmente dentro de seu elemento no Distrito 12, com a aparência bem jovial, simples e inocente", diz a maquiadora Ve Neill. "Mas desta vez ela está usando maquiagem na maior parte do tempo – sua aparência está bem diferente – porque ela fica mais tempo diante das câmeras da Capital." Quando ela vai à festa da Capital, a maquiagem de Katniss é ousada e marcante, para combinar com o vestido e o papel que ela está interpretando: vitoriosa retornando à arena.

> "Você está absolutamente aterrorizante nessa produção. O que foi que aconteceu com aqueles vestidos de menininha?" [Finnick pergunta...] "Eles ficaram pequenos em mim."
> — EM CHAMAS —

PARTE 5: FIGURINO E CARACTERIZAÇÃO

Com as novas roupas desenhadas por Cinna (Lenny Kravitz) e a maquiagem dramática, Katniss se torna tão fatal como fogo.

O VESTIDO DE CASAMENTO DE KATNISS

Trish Summerville sabia que o vestido de casamento de Katniss precisava ser magnífico e único. Ela estava buscando inspiração navegando pela internet quando encontrou o trabalho do estilista Tex Saverio. Ele morava na Indonésia, mas sua reputação estava aumentando nos Estados Unidos. Lady Gaga havia aparecido recentemente na capa da *Harper's Bazaar* num dos vestidos dele e usou outro de seus modelos de vanguarda num dos bailes da sua turnê mundial, o *Born This Way Ball*. Kim Kardashian também usou um dos modelos da coleção *La Glacon* para um editorial de alta-costura da revista *Elle*.

Trish se comunicou primeiro com Saverio via Skype e "ele literalmente fez esboços ao vivo", exclama. No início, ela estava interessada num vestido preto que ele havia feito para um desfile de moda, mas quando ela viu os vestidos de noiva que ele criou, ela sabia que havia encontrado o estilista para Katniss.

Os vestidos eram da coleção que Saverio chamava de *La Glacon* ou "o cubo de gelo".

"Assim como um cubo de gelo é frágil e resistente", ele explica, "também será a mulher que usar os vestidos dessa coleção. Katniss também representa esses extremos. Forte e corajosa para substituir sua irmã, mas frágil diante da Capital."

A parte superior do vestido foi feita de metal, com um efeito de gaiola que Trish amou. "Eu queria uma parte inferior diferente, no entanto, pois Katniss tem de rodopiar, e eu precisava que a saia tivesse um pouco de elevação. Um pouco de fluidez. E eu queria que tivesse algumas penas nele. Não penas de

Dois vestidos da coleção La Glacon, de Tex Saverio, que serviram de inspiração para o vestido de casamento de Katniss.
Na página seguinte: Katniss (Jennifer Lawrence) em seu belo vestido durante a entrevista com Caesar Flickerman (Stanley Tucci).

verdade, mas umas que são cortadas a laser e que se parecem com penas de pavão. Acho que ele acabou juntando três vestidos num só para compor nosso vestido de casamento."

Saverio e o irmão pegaram um avião para ir até a primeira prova do vestido com Jennifer Lawrence, e Trish ficou surpresa ao ver que o vestido veio dentro de uma caixa gigantesca. "Tinha literalmente seu próprio manequim em

formato de vestido, e tivemos de transportá-lo do ponto A ao B de caminhão. Quando Jen fez a sessão de fotos, nós a colocamos numa pequena plataforma com rodas, já com o vestido, então a puxamos por todo o palco e para dentro de um elevador." Com a saia com quase 1,50 m de circunferência, não era muito fácil se movimentar, ou simples de usar, mas o vestido era estonteante e absolutamente perfeito.

Linda Flowers e Ve Neill fizeram os toques finais do visual de Katniss para a cena. Linda descreve sua reação diante do que julgou ser uma obra de arte: "Quando eu vi o vestido de casamento, tive de fazer uma pausa e ficar um bom tempo em silêncio pensando no que eu poderia fazer para complementá-lo, pois o vestido era simplesmente belíssimo. Era tão elaborado que eu sabia que não poderia competir com ele. Um penteado simples era o complemento perfeito para aquele vestido."

Ve completa: "Eu fiz nela uma linda maquiagem prateada e brilhante, e cortei alguns pedaços de cílios postiços em formato de penas pretas. Coloquei uma pena preta nos cílios do canto de cada olho, que deu um efeito de leque em seus olhos. Então, quando o vestido se consumiu em chamas, ela ainda tinha aquelas penas nos olhos".

Por serem vitoriosos, Haymitch Abernathy (Woody Harrelson) e Peeta Mellark (Josh Hutcherson) usam roupas fornecidas pela Capital.

PEETA MELLARK

Assim como Katniss, Peeta mudou de algumas maneiras importantes desde que voltou dos Jogos Vorazes. Ele também está traumatizado pelo tempo que passou na arena e está tentando assimilar tudo o que aconteceu com ele lá. "Peeta está mais másculo e maduro", afirma Trish Summerville. "Ele passou por muita coisa, evoluiu bastante. Houve uma transição desde o último filme e eu queria encontrar uma maneira de mostrar isso por meio das roupas."

Quando Peeta vai para a Capital, ele usa ternos em vez de camisas. Seu corte de cabelo parece mais apropriado para um homem do que para um garoto. Trish o vestiu também com calças de couro para mostrar como Peeta deixou seu passado para trás. A figurinista sorri e diz: "Ele fica ótimo de calças de couro. Usa uma vez nas carruagens e depois na cena

126   PARTE 5: FIGURINO E CARACTERIZAÇÃO

Nenhuma roupa é exagerada demais para uma festa da Capital.

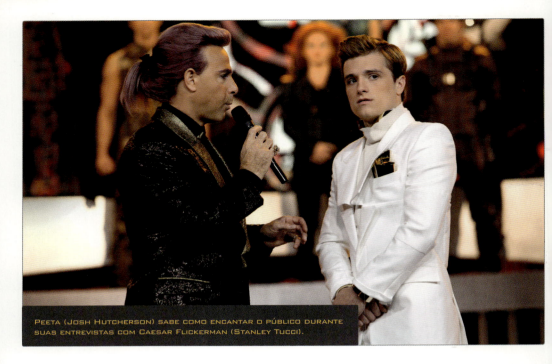

Peeta (Josh Hutcherson) sabe como encantar o público durante suas entrevistas com Caesar Flickerman (Stanley Tucci).

da festa. Eu disse para Josh que elas seriam ótimas para usar quando ele andasse com sua moto".

Ao longo do filme, o amor de Peeta por Katniss permanece inabalável, e Trish até encontrou uma maneira de demonstrar esse sentimento por meio das roupas dele. "Eu fiz Peeta usar bastante verde, pois é a cor favorita de Katniss. Inconscientemente, acaba que ele está sempre cortejando a moça."

Depois, quando Katniss começa a ficar mais próxima de Peeta, ela começa a usar a cor favorita dele também. O público pode não perceber esses detalhes de imediato, mas eles brotam naturalmente da história.

CINNA

Apesar das criações de Cinna serem o centro das atenções em *Jogos Vorazes: Em Chamas*, o personagem em si não gosta tanto de "aparecer". A estilista Trish Summerville queria respeitar isso e vestir o ator Lenny Kravitz num estilo que fosse legal e natural. "Para a Capital, ele não era nada chamativo ou exagerado. Ele é mais como quase todos os estilistas que conheço... É primordial que ele possa dar um passo para trás e desaparecer. Ele nunca quer estar no centro das atenções. Ele é bem reservado e profundo, e ele tem essa conexão bem forte com seus tributos, por isso mantive os tons escuros nele. Um pouco de vinho, alguns tons de cinza e muito preto. E algumas peças de joias assinadas por designers."

128 PARTE 5: FIGURINO E CARACTERIZAÇÃO

Peeta (Josh Hutcherson).

FINNICK ODAIR

Quando Katniss conhece o vitorioso Finnick Odair no livro *Em Chamas*, ele está praticamente nu. Os cineastas precisavam encontrar uma forma de manter a tensão desse momento no livro, sem constranger o ator.

Trish Summerville recorda que: "No livro, Katniss diz que ele está usando apenas uma rede dourada com um nó estrategicamente disposto na virilha, mas Sam estava um pouco tenso com isso. Então tivemos a ideia de transformar a rede de pesca dourada – ele, afinal é do distrito da pesca – num tipo de saia, dando a ele um ar mais gladiador. Ela acabou virando uma peça transpassada. Também demos botas bem longas para ele usar. O personagem é bem másculo, mas tem um lado gentil".

"Foi ótimo trabalhar com ele", Trish acrescenta. "Os primeiros trajes que ele usou, ele nem olhou no espelho. Se eu tivesse gostado de como ele estava, ele também gostava."

Ao desenhar o modelo para a entrevista dele com Caesar Flickerman, Trish deixou escapar

Finnick (Sam Claflin) oferece um torrão de açúcar para Katniss. À esquerda: Finnick (Sam Claflin) é do distrito da pesca e sua roupa para a entrevista com Caesar Flickerman (Stanley Tucci) reflete isso.

que, já que ele era do distrito da pesca, Finnick usaria uma roupa feita de peixe. "Eu fiz um pedido de várias peles de peixe – que podem ser compradas como couro. Acho que ele pensou que eu era um pouco louca. Mas quando montamos a roupa completa, Sam olhou para o espelho e disse: 'Adorei minha saia de peixe'! Eu fiquei mui-

to feliz porque é difícil fazer com que esses caras sejam mais maleáveis na hora de usar qualquer tipo de saia."

Como Finnick, Sam Claflin quase não usou maquiagem. Ve Neill conta o que aconteceu nos bastidores: "Tudo que tive de fazer foi deixar a pele dele bronzeada e luminosa, e Finnick estava pronto".

Entretanto, como o livro descreve Finnick com cabelos cor de bronze, Claflin precisou tingir os cabelos para ficar com alguns tons acobreados. Além disso, Linda Flowers teve a preocupação de deixar os cabelos dele com uma aparência bagunçada e despojada. "Isso o diferencia da Capital, onde todos estão sempre bem-arrumados", ela destaca.

EFFIE TRINKET

Assim como no primeiro filme, as roupas de Effie Trinket refletem todos os excessos da Capital. Effie evolui como personagem durante a trama de *Jogos Vorazes: Em Chamas*, à medida que seu orgulho inicial por Katniss e Peeta é substituído por desalento quando eles voltam para a arena. Suas roupas, entretanto, não demonstram tanto esse lado sensível. Do começo ao fim, ela leva a moda a todos os extremos. Durante todo o decorrer do filme, Effie usa sete trajes escandalosos e exclusivos.

> "Há algumas características dela que são divertidas e efervescentes, mas há essa parte de sofrimento pela moda porque é assim que ela age por ser vítima da Capital. Ela é limitada e não realmente livre para ser quem é."
> —Trish Summerville—

Trish Summerville foi atrás de estilistas de alta-costura ostensivos e dramáticos para compor o visual de Effie. "Há algumas características dela que são divertidas e efervescentes, mas há essa parte de sofrimento pela moda porque é assim que ela age por ser vítima da Capital. Ela é limitada e não realmente livre para ser quem é. Meus modelos para Effie refletem ambos os lados de sua personalidade. Há o casaco de peles azul-cobalto com enormes mangas bufantes... esse é o lado cômico. Mas as roupas de Effie também são muito desconfortáveis; elas traduzem o outro lado de sua personalidade: a parte que nunca está confortável na Capital."

"Effie é o meu projeto de estimação", confessa Linda Flowers. "Sem sombra de dúvida é um dos meus personagens favoritos. Effie é como a Zsa Zsa [Gabor] da Capital. Tudo nela é exagerado – sua

Trish Summerville, a figurinista, com Elizabeth Banks (Effie).

A maquiadora Ve Neill dá os toques finais no rosto de Elizabeth Banks.

maquiagem, unhas, sapatos, cabelo, cílios. Tudo é bem extremo, mas você junta todas as coisas e fica incrível. Ela é extravagante, mas tem coração. Ela só meio que se deixou levar pela onda da Capital."

Elizabeth Banks, que interpreta a personagem, é toda elogios para os figurinistas. "Trish Summerville e sua equipe são incríveis. Eles criaram os próprios modelos e também consultaram os melhores estilistas do mundo para descobrirem suas concepções do que é futurístico. Effie está mais exagerada e melhor do que nunca. Estamos realmente explorando a extravagância e exuberância do que poderia ser a alta-costura da Capital."

EFFIE TRINKET E SEUS FIGURINOS EXTRAVAGANTES.

Trish diz que não teria sido possível montar a aparência da Effie sem a paciência e o bom humor da atriz Elizabeth Banks. "Ela é tão incrível! Ela nos deixa torturá-la em nome da moda, como acredito que Effie também deixaria." Linda Flowers e Ve Neill também passaram longas horas com Banks, experimentando diferentes estilos só para conseguir o ideal para Effie. Por exemplo: Linda sabia que teria de criar uma peruca dourada para Effie usar, mas isso era mais difícil do que parece. "Dourado é uma cor muito difícil de pintar num cabelo, pois acaba parecendo loiro, e eu sabia que precisava parecer dourado. Eu fiquei dois dias testando diferentes produtos para chegar à cor certa. Elizabeth é uma atriz que realmente se entrega... ela simplesmente sentava na cadeira e começava a testar tudo junto comigo."

OS AVOXES

A moda da Capital está em constante mudança, até para os Avoxes – pessoas que foram punidas pela Capital, tiveram a língua cortada e são forçadas a trabalhar como criados. A maquiadora Ve Neill diz: "Eles usam esses lindos trajes de cores claras, com gaiolas em volta do rosto. Então eu refiz as maquiagens para serem completamente brancas, com uma maquiagem meio cadavérica por baixo. Eles têm uma aparência atormentada e misteriosa".

A equipe de Katniss e Peeta: Cinna (Lenny Kravitz), Haymitch (Woody Harrelson) e Effie (Elizabeth Banks).

Os habitantes dos distritos comparecem em massa para ver os vitoriosos dos Jogos Vorazes.

OS DISTRITOS

Apesar de Katniss e Peeta verem pouco de cada distrito na Turnê da Vitória, Trish e sua equipe desenvolveram looks singulares para cada região.

Os distritos não têm quase nenhuma comunicação uns com os outros e cada um tem uma funcionalidade diferente dentro da Capital, então diferentes estilos se formaram naturalmente em cada lugar.

"Já que não vimos o distrito têxtil no primeiro filme, tomei a liberdade de imprimir um estilo a ele", revela a figurinista.

"Seu vestuário é mais vibrante do que alguns dos outros distritos. Não como um tipo de estam-

HAYMITCH ABERNATHY

Trish Summerville se divertiu para vestir Haymitch. "Ele é um vitorioso, então as roupas que usa são enviadas da Capital e elas são elegantes e de corte reto. Nós usamos tecidos texturizados para fazer vestuários mais modernos, mas com uma aparência descuidada. Ainda assim, sempre há algo meio amassado nele, ou seu colarinho está abotoado errado. Ele está disposto a usar essas roupas, mas da sua própria maneira."

pa étnica, mas com uma mistura de muitas cores e texturas. Diferentes tecidos e fios."

No distrito da pesca – o Distrito 4, lar de Finnick –, ela manteve as roupas leves e esvoaçantes, em tons de azul e verde que contrastam com as cores escuras e sem vida do distrito da mineração, o lar de Katniss e Peeta.

A FESTA DO PRESIDENTE

Já que a festa do Presidente Snow é uma das partes visuais centrais do filme, as equipes de figurinistas, cabeleireiros e maquiadores se reuniram para planejar essa celebração. Além de criar os modelos para os atores principais, eles também criaram peças exclusivas para cada um dos trezentos extras. O ato de planejar e produzir as cenas da festa exigiu cooperação e coordenação extraordinárias entre as diferentes equipes.

O diretor Lawrence diz: "Nós tentamos imaginar quem seriam as pessoas influentes da Capital, por que as pessoas presentes teriam sido convidadas para essa festa. Há pessoas que fazem parte do gabinete de Snow, pessoas que são artistas, pessoas que são banqueiros e técnicos... Era importante que todos tivessem uma aparência bem distinta e dessem a sensação de que eram mesmo diferentes. Então, depois que você escolhe quinhentas pessoas e as separa nessas categorias, você pode abordar cada uma de uma maneira um pouco singular. Daí,

> "Nós tentamos imaginar quem seriam as pessoas influentes da Capital, por que as pessoas presentes teriam sido convidadas para essa festa... Haveria uma variedade de estilos, assim cada pessoa foi produzida com o próprio estilo individual."
> — Francis Lawrence —

dentro de cada categoria, haveria uma variedade de estilos, assim cada pessoa foi produzida o próprio estilo individual. E tivemos de identificar o que os unia na última tendência da Capital, então, fizemos isso com uma determinada paleta de cores –

O Presidente Snow (Donald Sutherland) na sacada de sua mansão, com a rosa branca característica sempre em sua lapela.

Effie Trinket (Elizabeth Banks) vestida para a principal festa do ano.

rosas, azuis, tons de vinho e fúcsia – além de um estilo geométrico no cabelo".

O elenco de extras foi selecionado e cada um provou as roupas antecipadamente, pois não haveria tempo para escolher centenas de roupas no dia das filmagens. "Chegou ao ponto em que fazíamos mais de cem provas por dia", recorda Trish. "Eu selecionava as roupas depois de ver as fotos do roto deles, deixava todas as opções prontas. Eu estava trabalhando com seis costureiras e uma alfaiataria inteira. Então eu fotografava a prova e fazia mapas para facilitar a distribuição dos figurantes pela festa, saber onde cada um deveria ir." As fotografias das provas das roupas seriam usadas no dia das filmagens, assim seria fácil recompor o traje. Elas também seriam usadas pelas equipes de cabelo e maquiagem.

Assim que souberam como seriam as roupas, Linda Flowers e Ve Neill criaram penteados e maquiagens coesas. Linda afirma: "Quando se tem

PRESIDENTE SNOW

Trish Summerville decidiu que o Presidente Snow teria um visual militar, sem se esquecer de que se tratava de Panem: a aparência dele precisava ser luxuosa e estar na moda. "Eu estava tentando deixá-lo mais obscuro, mais cheio de botões, mais totalitarista e no controle dessa vez, já que as rebeliões estão começando a estourar. Ele foi muito compreensível ao permitir que deixássemos seu cabelo mais domado, acentuássemos seu bigode um pouco, déssemos roupas de cores mais escuras e intensas." Já que havia cenas de inverno no filme, Trish pôde contrastar o visual militar com um pouco de peles artificiais e tecidos mais ostensivos.

142   PARTE 5: FIGURINO E CARACTERIZAÇÃO

trezentas pessoas, são necessários trezentos penteados ou trezentos planos, se será feito um corte prévio ou uma coloração prévia ou algum penteado elaborado. Levou três semanas para deixar todos os cabelos prontos".

Entretanto, até mesmo com um planejamento antecipado e cuidadoso, o dia das filmagens foi um desafio e tanto. Flowers tinha quarenta cabeleireiros e dez estagiários disponíveis para dar vida aos penteados que ela criou. Ve e sua principal maquiadora, Nikoletta Skarlatos, tinham vinte e cinto maquiadores de Los Angeles e outros vinte de Atlanta. "Nós reunimos de propósito um grupo extraordinário", conta Nikoletta. "E quando você tem os melhores talentos do mundo num mesmo espaço, apenas coisas grandiosas podem acontecer. Nós simplesmente os deixávamos livres para criar."

Na Swan House, o baile gigantesco estava montado com mais ou menos noventa espaços para maquiadores e cabeleireiros. "Nós desenhamos no rosto de muitas pessoas fabulosos padrões geométricos, alguns lindos desenhos à mão com moldes", recorda-se Ve. Nikoletta conclui: "Alguns tinham um olho bem marcante e um rosto bem pálido, outros lábios bem marcantes e simplesmente nada no olho. Ou apenas algo bem assimétrico. Nosso objetivo era criar maquiagens únicas em cada um deles".

Juntos, o visual de cada indivíduo criou uma cena de festa opulenta, ao mesmo tempo espetacular e perturbadora.

NA HORA DE RETRATAR O ESTILO EXTRAVAGANTE DA CAPITAL, ATENÇÃO ESPECIAL À FIGURAÇÃO.

Estilos da Capital.

Katniss (Jennifer Lawrence) se prepara para o desfile das carruagens.

O DESFILE DOS TRIBUTOS

O desfile dos tributos envolvia um pouco do estilo das roupas dos distritos, mas apresentava novos desafios. Trish Summerville explica: "Essa cena é um pouco complicada, pois você está tentando fazer algo que lembre os distritos de origem de cada tributo, mas nem todos os distritos têm temas fáceis para roupas. Não podem parecer muito formais, pois esse desfile vai dar muito que falar, mas pode ser difícil criar algo realmente inusitado".

Para alguns distritos, o foco era achar materiais exclusivos da região e se basear neles. Para os outros distritos, as fantasias dos vitoriosos traduziam o humor ou a postura do lugar.

Por exemplo: Brutus e Enobaria, os vitoriosos do Distrito 2, foram vestidos para mostrar a riqueza e o poder intimidante do distrito. "Suas fantasias são ásperas e austeras", conta Trish. "Os dois parecem gladiadores."

Os vitoriosos do Distrito 4, o distrito da pesca, usam um material que se assemelha a uma rede no cabelo, em referência às redes de pesca que são normalmente usadas na principal atividade do lugar de onde vêm.

Mas Trish escolheu um caminho diferente para os vitoriosos do Distrito 6, o distrito dos transportes.

Haymitch (Woody Harrelson) com Seeder (Maria Howell) e Chaff (E. Roger Mitchell), os vitoriosos do Distrito 11.

Suas fantasias não fazem nenhuma referência a transportes, mas remetem ao vício dos personagens por um poderoso analgésico chamado morfináceo. A figurinista se justifica: "Eu os deixei com a aparência bem sombria, gótica, com padrões de camuflagem em couro que mantive em cores bem suaves". Assim como as fantasias dos gladiadores, as fantasias dos morfináceos davam uma dica do papel que eles representariam na arena.

JOHANNA MASON

A maquiadora Nikoletta Skarlatos já havia trabalhado com Jena Malone, a atriz que interpreta a vitoriosa Johanna Mason, em dois filmes anteriores, então as duas já se conheciam muito bem. Nikoletta estava ansiosa para trabalhar no visual da feroz e destemida personagem que vangloria-se de não ter nada a perder. Ela sabia que os tributos do distrito madeireiro sempre tinham de usar fantasias relacionadas a árvores. Junto com Trish Summerville, ela levou esse visual para o próximo nível. "Trish desenhou essa roupa incrível que tinha um elemento com cortiça de verdade, e eu usei a maquiagem para criar esses galhos de árvores saindo dos olhos dela para a cena das carruagens, que teve um efeito bem assustador. A maquiagem em geral dá a ela uma expressão ainda mais brutal."

Cinna (Lenny Kravitz) fica um último instante com Katniss (Jennifer Lawrence) antes de ela entrar na arena.

UNIFORMES PARA OS JOGOS

Por serem usados durante todo o Massacre Quaternário, os uniformes dos tributos são elementos importantes dos Jogos. Eles precisam parecer suficientemente atraentes para despertar o interesse dos espectadores da Capital, ao mesmo tempo que precisam ser práticos o suficiente para que os tributos os usem em qualquer situação que os Idealizadores dos Jogos impuserem a eles.

"No livro, está escrito que eles usavam macacões azuis justos no corpo, mas isso não era algo que realmente combinasse com o filme, ou fosse funcional", expõe Trish Summerville. "Os atores estavam preocupados com o que usariam por baixo. Então, debatemos bastante o assunto com Francis e Nina, e depois eles conversaram com Suzanne até que ponto poderia haver mudanças. Nós precisávamos de algo que permitisse aos tributos fazer cenas de ação, que eles pudessem usar por um longo período, que ficasse bonito em diferentes tipos de corpo. Começamos a fazer croquis de trajes que poderiam funcionar na água e na terra. Também precisávamos definir a fabricação dos trajes, o que manteria os atores aquecidos enquanto estivessem na água."

Enobaria (Meta Golding) e Brutus (Bruno Gunn) correm através da selva.

Katniss (Jennifer Lawrence) ajuda Wiress (Amanda Plummer) a se recuperar depois da chuva de sangue.

Por fim, Trish e equipe acabaram decidindo por um traje preto com elementos cinzentos e metálicos que se destacariam nas cenas na selva. "Fizemos pinturas tridimensionais em forma de grade na frente e dos lados para moldar melhor os trajes", ela explica. "Nosso objetivo era criar algo bonito e funcional que ficasse bom no filme." Os personagens principais também usaram variações do traje para fazer diferentes cenas de ação.

> "NÓS PRECISÁVAMOS DE ALGO QUE PERMITISSE AOS TRIBUTOS FAZER CENAS DE AÇÃO, QUE ELES PUDESSEM USAR POR UM LONGO PERÍODO, QUE FICASSE BONITO EM DIFERENTES TIPOS DE CORPO... TRAJES QUE PODERIAM FUNCIONAR NA ÁGUA E NA TERRA."
> —TRISH SUMMERVILLE—

Dentro da arena, cabelo e maquiagem eram mais simples porque não havia muito que fazer. "É praticamente impossível manter qualquer coisa que seja em alguém quando estão molhados e suados, cobertos por cortes e roxos", Ve Neill ressalva. Ela então deu aos personagens bronzeados bem fortes, como a maioria das pessoas fica quando trabalha sob o sol o dia todo. "Nós não queríamos que eles ficassem com a pele queimada pelo sol, nem de longe", adiciona. "Por isso, usamos produtos bronzeadores. Assim eles não precisavam usar base."

Como muitas das futilidades da Capital, moda e maquiagem são deixadas de lado quando os vitoriosos entram na arena e seu foco se volta apenas para um ponto: sobrevivência. Assim que o Massacre Quaternário começa, a atenção dos espectadores da Capital muda da moda para a ação nos Jogos.

PLUTARCH HEAVENSBEE

O Chefe dos Idealizadores dos Jogos, Plutarch Heavensbee, era um personagem interessante de caracterizar. Trish Summerville conta que ele representa uma dualidade. "Ele finge ser alguém para depois revelar suas verdadeiras intenções." As roupas dele refletem isso. "Nós tentamos não deixá-lo demasiado extravagante, como as outras pessoas da Capital", afirma. "Nós mantivemos cortes simples e modernos. Ele pode usar qualquer cor porque ele é um tipo de cara sarcástico e relaxado. Ele está certo de quem ele é e do que faz, a ponto de desafiar até mesmo o Presidente Snow."

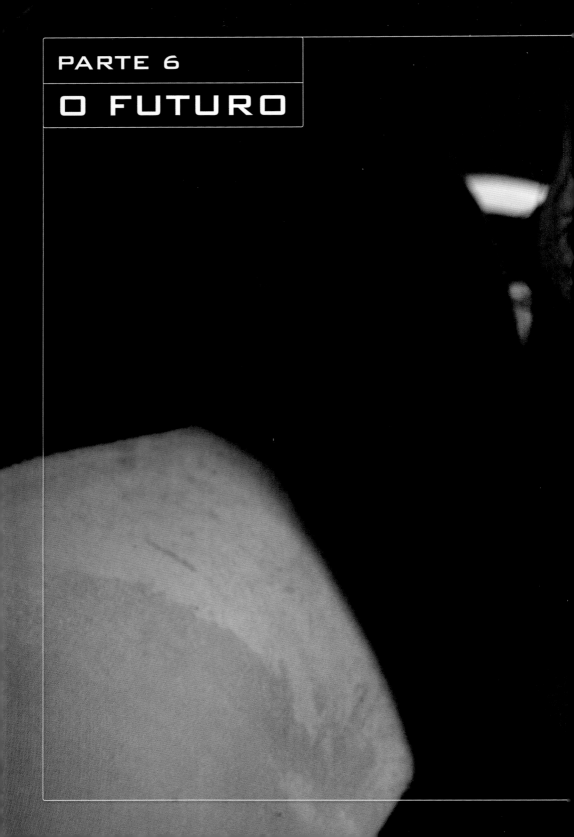

PARTE 6
O FUTURO

A FAÍSCA

Basta uma faísca para começar um incêndio. E, depois de iniciado, um incêndio pode se transformar em uma força incontrolável. Contanto que haja combustível suficiente, ficará cada vez mais quente até que não haja mais nada a ser consumido pelas chamas.

A escolha desesperada de Katniss no final de *Jogos Vorazes* é a faísca que inflama Panem. As condições miseráveis do país são ideais para que o fogo da revolução se alastre.

No final de *Jogos Vorazes: Em Chamas*, o ato corajoso de Katniss se transformou num inferno. As chamas estão cada vez mais próximas do Presidente Snow e, mesmo com todos os seus esforços, mesmo criando uma arena com o propósito de esmagar os espíritos dos distritos, ele não conseguiu contê-las.

> "O PÁSSARO, O BROCHE, A CANÇÃO, AS AMORAS, O RELÓGIO, O BISCOITO, O VESTIDO EM CHAMAS. EU SOU O TORDO."
> — EM CHAMAS —

Então, o que vem a seguir? Destruição. Revolução. Guerra.

Toda a equipe de *Jogos Vorazes: Em Chamas* sabe que a próxima parte da história de Katniss se desenvolverá a partir da tensão e do choque do final deste filme. As coisas ficarão ainda mais sombrias e difíceis para Katniss até que a fumaça comece a se dissipar.

Elizabeth Banks compara a saga de Katniss à de um super-herói. "*Jogos Vorazes* nos apresenta Katniss. É a história original. Quem ela é, de onde vem, que efeito ela tem sobre as pessoas? Já *Jogos Vorazes: Em Chamas*... é exatamente o que o título diz. Katniss é uma brasa flamejante que acaba incinerando as portas do lugar. Agora a ideia de revolução está se

Os três vitoriosos do Distrito 12 se aproximam do palco para a colheita do Massacre Quaternário.

espalhando e, em *A Esperança*, a Capital realmente sentirá a ira dos distritos."

Josh Hutcherson completa: "A rebelião começou e podemos ver todas as peças do jogo se reunindo para derrubar um governo. É incrível, eu acho, ver Katniss passar por tanto sofrimento e ascender a esse status de heroína de que Panem tanto precisa. Quando você pode fazer do mundo um lugar melhor, você é praticamente obrigado a não fazer outra coisa. E é exatamente isso que Katniss precisa aceitar".

Jennifer Lawrence vê um paralelo entre a personalidade de Katniss e outra forte figura feminina, de séculos atrás. "Essa é a incrível história de uma garota que não queria ser uma heroína, mas acaba numa posição na qual ela é obrigada a ser uma. Ela se transforma em uma Joana D'Arc do futuro."

O próximo filme abordará as muitas facetas da revolução, o triunfo, a tragédia. Katniss enfrentará dificuldades em lidar com seu papel na rebelião e com os efeitos desta nas pessoas que mais ama.

KATNISS (JENNIFER LAWRENCE) POSICIONA-SE PARA LANÇAR UMA FLECHA. O ARCO É QUASE UMA EXTENSÃO DE SEU CORPO.

Ela está evoluindo como personagem, sua compreensão do que a rodeia é cada vez maior. Erik Feig, da Lionsgate, faz observações interessantes sobre esse amadurecimento da protagonista. "No arco que une a trilogia, o círculo de pessoas importantes para Katniss fica maior de uma forma muito realista e compreensível. No início de *Jogos Vorazes*, ela se preocupa principalmente com si mesma e Prim. No *Em Chamas*, ela começa a perceber que também se importa com Peeta e com Gale; mais para o final, ela também se importa com alguns dos outros tributos. Depois, em *A Esperança*, percebemos que ela se importa com sua família, ela se importa com um grupo maior e, por fim, ela começa a se importar com os cidadãos da Panem. Sua maturidade reflete o amadurecimento pelo qual todos nós passamos: de indivíduos para pessoas que fazem parte de uma comunidade civil."

Jeffrey Wright, que interpreta Beetee no filme, define o cerne da história assim: "Acredito que há uma reflexão aqui – particularmente conforme a história avança e *Jogos Vorazes: Em Chamas* chega ao final – do preço que guerreiros pagam pelo trabalho que executam". Katniss deve considerar se a guerra vale a pena, dado o terrível preço que é cobrado das pessoas que lutam e das pessoas que são atingidas no fogo cruzado.

Essas são questões de peso para uma franquia que tem um enorme público juvenil, mas a autora Suzanne Collins nunca hesitou em discutir o tema da guerra em nenhum de seus livros. Ela não subestima a inteligência e o potencial de seus leitores, tenham eles a idade que for.

> "ESSA É A INCRÍVEL HISTÓRIA DE UMA GAROTA QUE NÃO QUERIA SER UMA HEROÍNA, MAS ACABA NUMA POSIÇÃO NA QUAL ELA É OBRIGADA A SER UMA."
> —JENNIFER LAWRENCE—

A violência é um elemento essencial para se contar a história de uma guerra, e o diretor Lawrence foi cuidadoso ao manter isso num nível administrável no filme. Além do mais, ele não quer fazer com esse filme o que a Capital faz com os Jogos: idolatrar a violência e tornar os espectadores insensíveis ao sofrimento.

Mesmo que a violência seja importante para passar a mensagem das ideias de Collins sobre a

Katniss (Jennifer Lawrence), a Joana D'Arc do futuro.

guerra, a história não é, no fim das contas, sobre o incêndio que rodeia Katniss. É sobre a própria Katniss e como esses eventos mudam sua vida irremediavelmente. Francis Lawrence enfatiza: "Tanto a necessidade de sobrevivência de Katniss quanto a necessidade de proteger as pessoas que ama são perfeitamente compreensíveis para qualquer um de nós. Você a vê na tela e consegue se colocar no lugar dela – acredito que essa seja uma das razões que fazem dela uma personagem tão marcante."

Durante a trilogia, ela vai de tributo a rebelde, então para uma rebelde que travará uma guerra. Quando *Jogos Vorazes: Em Chamas* chega ao fim, ela percorreu apenas parte da jornada. A produtora Nina Jacobson esclarece: "Katniss não se vê como uma líder, mas ela está evoluindo aos poucos para o papel que ela assume no terceiro livro".

> "VOCÊ A VÊ NA TELA E CONSEGUE SE COLOCAR NO LUGAR DELA – ACREDITO QUE ESSA SEJA UMA DAS RAZÕES QUE FAZEM DELA UMA PERSONAGEM TÃO MARCANTE."
> — FRANCIS LAWRENCE —

Jogos Vorazes: Em Chamas leva Katniss até o meio do caminho, e o final surpreendente deixará o público ávido por mais *Jogos Vorazes*. O filme oferece uma combinação irresistível de excelência em atuação e personagens.

Erik Feig é ainda mais enfático: "Nós temos uma das melhores atrizes da atualidade e uma das melhores criações literárias de todos os tempos num filme capitaneado por um brilhante estilista visual que também tem uma conexão profunda com o material".

Jogos Vorazes: Em Chamas é o segundo capítulo dessa história épica, um dos filmes mais surpreendentes do século XXI até agora

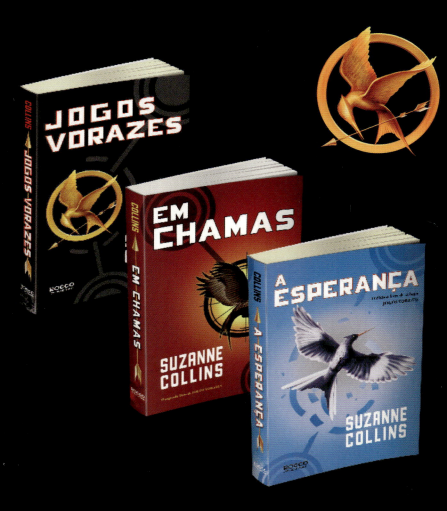